LA COLLA DEL SEGON SOTERRANI

L'ENIGMA DEL VAIXELL *MARY CELESTE*

Per en Dídac.
Aquest llibre amaga
un secret,
i la primera pista comença
al número 11.
A les teves mans està formar part de
"La Colla del Segon Soterrani"
T'esperem!!

JOSEP
16

2 Maig 2016

Títol original: *L'enigma del vaixell Mary Celeste*
Col·lecció: *La colla del segon soterrani*

Primera edició: abril de 2016

Publicat per Editorial Gregal. Terracel, scp
Apartat de correus 26, 17412 Maçanet de la Selva
www.gregal.cat
@editorialgregal
www.facebook.com/EditorialGregal
info@gregal.cat

Impressió i enquadernació: DC Plus, Sant Andreu de la Barca
Distribució: Nus de Llibres

Imprès a Catalunya – *Printed in Catalonia*

Maquetació: Júlia Doltra
Correcció: Adrià Mayà
Disseny de coberta: Equip Gregal

ISBN: 978-84-945091-4-8
Dipòsit legal: GI 437-2016

LA COLLA DEL SEGON SOTERRANI

L'ENIGMA DEL VAIXELL MARY CELESTE

Josep Maria Ibarra

EDITORIAL GREGAL

A l'Esther, l'Aleix i la Maria, la meva inspiració.

CAPÍTOL 1

Quin rotllo aixecar-se! Tornà a sonar el despertador (ja l'havia apagat un munt de vegades), però la son li anava repetint: un minut més, un minut més...

El pare ja li havia encès el llum, i tenia la roba preparada sobre la cadira. Però no hi havia manera. El primer dia de la setmana era terrible. Diumenge a la nit sempre volia aprofitar fins al darrer moment, a més les sèries que feien a la *tele* eren tan bones...

–Som-hi Adrià! Que farem tard! –insistia el seu pare.

–Ja vinc...

L'Adrià s'incorporà al llit. Li costava obrir el ulls. De sobte se'n va adonar. El record li vingué com un flaix, havia oblidat que tenia deures de naturals i no els havia fet. «Tranquil·litat» es va dir, calmant-se. Com que tocava a la tarda, ja els faria a l'estona de descans del migdia.

Anà cap al lavabo. Es rentà la cara i es pentinà. Li començava a sortir una espècie de bigoti a sobre del llavi que l'Adrià es mirava encuriosit. Tenia el cabell ros, una mica enrinxolat i algunes pigues al nas i a les galtes. Les amigues de la mare li deien que tenia cara d'entremaliat, però això era abans, quan encara era una nen. Ara ja estava fent el canvi i feia poc trobà sorprès que li havien crescut uns quants pèls al pit. Sempre li havien agradat els seus ulls, d'un color caramel. Darrerament estava canviant la veu i ja no podia cantar a la coral de l'escola perquè no parava de fer galls i li feia vergonya.

L'Adrià es vestí a corre-cuita i baixà a la cuina per prendre un got de llet amb cacau. Agafà la motxilla –com pesava!– i se la posà a l'esquena.

Com sempre, la seva germana, la perfecció personificada, ja estava perfectament vestida, pentinada i preparada per sortir. De vegades l'envejava i d'altres l'odiava.

La Marta era tot el contrari a l'Adrià. Neta, ordenada, estudiosa.

En el fons, era bona germana i sempre estava disposada a jugar. Però en aquell precís moment de dilluns, en veure-la allà, quieta davant la porta, amb aquell somriure cínic als llavis, decididament no la suportava.

Mitja hora després ja estaven al col·legi. Sempre que mirava la impressionant façana de l'edifici recordava la sensació que va tenir el primer dia d'escola. Era una construcció antiga, de cinc pisos d'alçada, amb portes i arcades grans. Una escalinata enorme donava accés al vestíbul des d'on sortien les escales que duien a les aules. I ara tothom era allà. El rebombori era considerable.

Aquell dilluns era doblement feixuc perquè després de classe havien d'anar a reforç. Ell i uns quants alumnes més «necessitaven» substituir l'esport extraescolar per unes quantes classes de repàs de diferents assignatures –«o el curs acabarà molt malament», els havia amenaçat el senyor Tomàs, el tutor d'aquest any.

El dia havia anat més o menys com sempre. Picabaralla a la cua del menjador, els deures de naturals fets a corre-cuita després de dinar. Evidentment, estaven malament i havia de repetir-los. I ara, a sobre, per rematar el dia, aguantar com a mínim un parell d'hores de les maleïdes extraescolars. Potser avui tocaria quedar-se més estona, segons volgués el mestre.

A casa ja sabien que quan s'havia de quedar amb aquella mena de «càstig» no hi havia hora fixa de sortida perquè tot depenia de les ganes de treballar que tingués el tutor.

El reforç consistia bàsicament a fer dictats, còpies, divisions a la pissarra, repàs de geografia i tot tipus de tasques emprenyadores, que si ja eren horroroses durant el dia, encara més mentre la resta de companys estava jugant a futbol.

Ja passaven deu minuts i el professor Tomàs encara no havia arribat. El xivarri a l'aula augmentava per moments, semblava com si cada minut que passava de l'hora els nens i nenes s'adonessin que podien cridar i riure més. L'Adrià podia haver aprofitat per posar-se al dia i acabar els deures que tenia per al dia següent, però era massa dur arrencar a treballar voluntàriament, sobretot si no havia vingut el *profe*.

En aquell moment la porta grisa amb un forat rodó que comunicava l'aula amb el passadís es va moure. Una mà la subjectava mentre s'escoltava parlar el director.

L'Eva sempre pensava posar aquests tipus de portes quan tingués un pis. A la que seria casa seva, l'Eva volia que totes les portes fossin de doble sentit, que tant obrissin cap a un costat com cap a l'altre. Sobretot comoditat.

Aquella era la màxima de l'Eva: mínim esforç, màxim benefici.

Era una persona cerebral, d'aquelles que primer pensen i després actuen. No era gaire xerraire, però sempre que parlava, millor escoltar-la.

Tenia el cabell llarg sempre recollit en una llarga trena. Portava sovint diademes de colors foscos, marrons, verds, que gairebé es confonien amb el seu color de cabell, castany fosc quasi negre.

Pocs l'havien vist amb el cabell sense recollir. I de ben segur que també estaria guapa.

Però no era una noia gaire presumida. En tota la seva vida, es podien comptar amb els dits d'una mà les vegades que s'havia posat vestit de noia, i menys encara faldilles curtes. No sabia si era per vergonya, o senzillament per comoditat, però el cas és que no vestia res que no fos roba d'esport, i és clar, no ressaltava la seva feminitat.

Alguns pensaven que era una pena perquè feia una cara bufona i ben arreglada estaria maca, però ella creia que encara no li havia arribat el moment de lluir.

Quan fos una dona ja en parlaríem, però, de moment, ella no volia aparentar una cosa que no era. Odiava les nenes de la seva edat que ja es vestien i es pintaven com dones grans. La seva mare sempre li deia «cada cosa al seu moment», i ella entenia perfectament el sentit d'aquella frase.

La porta de la classe encara estava a mig obrir. Se sentia la veu del director, a qui tothom anomenava La Massa, perquè era molt corpulent i quan s'enfadava es posava vermell com un tomàquet. Més que corpulent, era gros, o més aviat obès. Amb la barba canosa i la clenxa al costat, sempre duia una americana de color blau fosc i, de fet, semblava que cada dia es posava la mateixa roba. Almenys no feia pudor.

D'això de la pudor ja s'encarregava l'Octubre, el conserge de l'escola, que, sobretot a l'estiu, quan havia d'arreglar alguna cosa i anava amb la seva caixa d'eines i l'escala amunt i avall, era motiu de tot tipus de rialles per part dels alumnes, perquè així que aixecava els braços... tothom es tapava el nas.

L'Eva es preguntava què devia ser allò tan interessant que La Massa estava explicant a algú altre. La porta de color gris finalment es va obrir i van entrar els dos homes, però a un d'ells no el coneixia.

–Avui el professor Tomàs no podrà venir –digué el director posant una mà per sobre l'espatlla de l'altre home–. De fet –continuà mentre gesticulava posant cara de resignació–, estarem una temporada sense ell perquè ha hagut de marxar a... –va dubtar– a fer un màster. –El director va empassar-se la saliva. Mentia molt malament.

Mentrestant, us presento un altre mestre, Joan Salvat. Espero que us faci el reforç igual o millor que el nostre estimat Nicolau Tomàs.

–Hola –va dir el professor Salvat.

A la classe només hi havia quatre nens i dues nenes, que van respondre amb un «hola» una mica cansat i un xic avorrit.

En Darwin va mirar el nou professor de reüll. Era un home d'uns 40 anys o no gaire més. Vestia camisa de quadres i texans molt gastats amb sabates negres. Tenia una mirada penetrant que es va creuar amb la seva amb decisió. Darwin va apartar els ulls i després el va tornar a cercar, quan estava convençut que mirava cap a una altra banda. Tenia el cabell canós i un masclet just a sota del llavi que quasi acabava en punxa. Les seves ulleres rodones li conferien un aspecte d'home intel·ligent, però estava ullerós i com esgotat. Les bosses sota els ulls indicaven un estat perpetu de cansament, com si hagués estat moltes hores sense dormir abans de venir a fer la classe. A més a més, tenia la pell molt blanca, tan pàl·lida com si mai no li toqués la llum del sol.

Mentrestant, en Darwin pensava «i ara ens porten aquest pansit que, com que és un mestre nou, voldrà demostrar que és un bon professor i ens farà posar les piles», i va esbufegar amb resignació. Ell sempre patia per les coses. Treia conclusions precipitades, i veia els problemes molt abans que la resta de la gent. Tenia la pell fosca i el cabell molt negre i brillant, tant que a vegades semblava blavós. Era rialler i xerraire, i aquest era un dels seus problemes a l'escola, que sempre hi havia alguna cosa per comentar molt més interessant que el que intentava explicar el professor.

La seva família, que provenia de Sud-amèrica, opinava que seria periodista, perquè sovint estava ficant el nas a tot arreu i s'assabentava de tot el que passava al barri. Quan l'escola va proposar canviar-li les hores d'esport per les de reforç, el seu pare va trobar que era molt bona idea. «I veurem si d'una vegada per sempre aprèn a concentrar-se» va escriure a la proposta de l'agenda escolar.

Concentrar-se. Fer concentrar una ment com la d'en Darwin era prou difícil. Era incapaç de fer anar el cervell només per a una cosa. Sempre tenia algun objecte entre els dits, o movia contínuament els peus, o el llapis li anava sol i, mentre pretenia escoltar el professor, feia mil i un dibuixos a qualsevol racó del llibre de text.

El director continuava amb la presentació del nou professor.

–En Joan Salvat treballava fins fa poc al camp de la investigació i ara ha tornat a la docència, i perquè vagi agafant una mica el ritme, avui el posarem a fer reforç.

En realitat, cap professor volia fer el reforç. El consideraven una espècie de càstig també per als professors.

No només s'havia d'aguantar els més entremaliats de la classe una estona més, sinó que en aquella aula posaven junts «el millor de cada família» i, a més, cansats, i, a sobre, se'ls havia de fer treballar. «No, gràcies», pensaven molts.

La Massa seguia donant copets a l'esquena del professor Salvat, lloant-lo mentre l'introduïa als alumnes.

Finalment, quan se'n va anar, no sense haver desitjat «sort» al nouvingut, es va fer el silenci a l'aula.

–M'agradaria saber com us dieu –va dir el mestre mentre assenyalava la nena que estava asseguda a primera fila, de cabell ros llarg, força despentinada, prima i amb la mateixa cara d'avorriment que la resta.

–Sóc l'Amanda –va dir amb veu de gata maula.

L'Amanda era la típica nena cursi. Sempre vestia amb algun detall de color rosa i dibuixava cors per tot arreu. Era com una Barbie, però despentinada. El seu cabell ros era molt abundant, i no era precisament bonic perquè el tenia rull i encrespat, com si l'energia estàtica actués directament damunt del seu cap. A més, amb els seus grans ulls blaus, tothora esperant la instantània com una actriu de Hollywood, aconseguia que destaqués en totes les fotografies que es feien de la classe. Com no podia ser d'altra manera!

Romàntica incorregible, a l'Amanda li encantaven les sèries de la televisió, sobretot si eren d'amor, i no es perdia mai cap pel·lícula de Greny Gelecooo –així escrit, amb tres «o»–, el seu ídol dintre i fora de la pantalla. Tenia l'habitació plena de pòsters seus, el duia a la carpeta de l'escola, portava una foto d'ell penjada d'un collaret que duia sempre i coneixia perfectament tota la seva filmografia, i com envejava les actrius que el petonejaven...

Un cop presentats tots, sorprenentment, el professor Salvat va assenyalar cap a la porta, tot dient:

–Agafeu les vostres coses, que anem a la sala d'ordinadors...

CAPÍTOL 2

Tothom es va mirar desconcertat. Ordinadors? En una classe de reforç?

–Segur que aquí hi ha trampa –va pensar en Pol.

Aquell noi baixet per la seva edat, amb la cara rodona, cabell negre molt curt i ulls vius, però mirada trista, era un habitual de les classes de reforç. El tutor sempre deia a la seva mare que estava molt per sota del seu potencial, que podria aconseguir grans coses, i bla bla bla... En realitat no li agradava estudiar, i encara no havia trobat cap cosa que li motivés de veritat. Els seus pares estaven separats, o això és el que ell explicava quan li ho preguntaven.

La veritat era que el pare els havia abandonat. Se n'havia anat amb una noia més jove i els havia deixat quan ell tenia nou anys. La seva mare intentava refer la seva vida, però moltes vegades en Pol intuïa que ella el trobava a faltar i que encara l'estimava.

L'absència del seu pare va canviar el caràcter d'en Pol Aiguadé. Sempre havia estat molt actiu, molt apassionat en allò que li agradava. I d'un temps ençà s'havia tornat un mandrós i, el que era pitjor, qualsevol situació ja li semblava bé. Era un conformista.

En Pol va agafar la seva jaqueta, es va posar la motxilla a l'esquena i va ser l'últim a anar cap a les escales que duien al pis de sota on hi havia la sala d'ordinadors.

En arribar al primer esglaó, el professor els va indicar que el seguissin fins a l'ascensor.

–L'ascensor? Sempre ens diuen que només és per als *profes* –va dir l'Amanda.

–Però ara no hi ha ningú –va replicar el professor amb un somriure. Quan reia se li accentuaven les arrugues de la cara, sobretot les que envoltaven els ulls.

Per un moment l'Amanda, previnguda com sempre, va tenir por d'aquell home desconegut i del lloc on els volia dur. Al cap i a la fi... No! –va pensar, tranquil·litzant-la el fet que fos La Massa qui el portés i el presentés davant la classe. Ara que se'l mirava fixament, no tenia cara de mala persona. L'Amanda es refiava molt dels seus instints. Poques vegades li havia fallat aquella dita –«la cara és el mirall de l'ànima»– i el professor Salvat tenia aspecte de bon home.

El passadís estava enrajolat fins a un metre d'alçada i l'Anwar anava passant l'ungla del dit índex entre les juntes de les rajoles mentre caminava. Rumiava quanta estona el farien quedar avui. Pensava en els seus amics, segur que ja estaven al parc jugant. Odiava l'escola i sobretot el munt de deures que tenia cada dia en arribar a casa. La seva mare insistia molt que amb estudis podria tirar endavant a la vida. Que tenir formació li donaria opcions, com a mínim, de decidir de què volia treballar. Sempre posava com a exemple el seu pare. Allà, al poble nord-africà d'on venien, l'Omar, el seu pare, només sabia fer de pastor. I quan va emigrar, li van donar feina de manobre en una constructora. Era una feina dura que mica en mica va anar aprenent. Treballava molt i guanyava poc. Aquest era el millor exemple que sa mare posava com a model d'on es pot arribar sense estudis: no gaire lluny i amb poques opcions de millorar.

L'Anwar era un noi prou responsable com per deixar per al final les coses que li agradaven. Per tant, probablement, si no estigués a l'escola fent reforç, hauria passat per casa i ara estaria fent els deures abans de baixar al carrer a jugar.

Tots set estaven a l'ascensor. En Darwin va observar que el Sr. Joan es treia una clau de la butxaca dels pantalons texans que duia lligada amb una cadeneta. Era una clau de color de bronze, molt petita i prou brillant. La va introduir en un pany ocult mentre marcava ràpidament un seguit de números.

–Caram, que sofisticat –va pensar l'Adrià–, els mestres tenen codi secret per fer servir l'ascensor.

La cabina es va moure suaument fins a aturar-se al pis de sota, però quan van sortir no van reconèixer la planta baixa.

–On som? –no va poder estar-se de preguntar l'Eva.

–Mai no havíeu estat al segon soterrani?

Tots es van mirar sorpresos.

–Però la sala d'ordinadors és a una altra... –En Pol es va quedar mut quan el Sr. Joan va encendre els llums i va veure el que hi havia, allà baix.

–Això... això és el segon soterrani? –va tartamudejar l'Eva.

–Quina passada! –no va poder reprimir en Darwin.

Els fluorescents rodons van parpellejar un parell de vegades i van anar encenent-se seqüencialment. Aleshores, els nois es van adonar de la grandària d'aquella sala on mai no havien estat. Era de color gris fosc i el sostre bisellat amagava llums blanques que donaven a l'estança un aspecte imponent.

S'accedia a la sala per una porta central. Les parets dreta i esquerra estaven ocupades per grans pantalles amb una taula i una cadira al davant de cadascuna.

Just a la part contrària de la porta, a la paret del fons hi havia una pissarra enorme amb uns càlculs matemàtics, i davant una taula que feia forma de mitja rodona, plena de pantalles, cables i teclats.

–Tot això té una explicació –va voler aclarir el professor Joan Salvat–. El director us ha dit que sóc nou a l'escola, però en realitat porto treballant aquí sota ja fa uns quants anys.

–Doncs no m'ho hauria imaginat mai –va dir amb un fil de veu l'Amanda, absolutament encisada mirant l'enigmàtic professor. Se li va quedar la boca oberta...

–Estic duent a terme un estudi... –va dubtar sobre quina paraula utilitzar– ...diguem «especial».

–Què vol dir «especial»? –preguntà ràpidament en Darwin.

–De seguida ho veureu. –I amb la mà els va convidar a entrar.– Seieu, si us plau, cadascú davant de la pantalla que duu el vostre nom.

Les cadires on van seure estaven entapissades amb vellut negre i tenien rodes i un respatller alt. L'Adrià va pensar en la cadira del despatx del seu pare, aquella en què, sempre que s'hi asseia, no es podia estar de donar voltes i més voltes, i ara córrer cap aquí i ara cap allà, amb la conseqüent esbroncada. Si l'enxampaven, és clar.

Les pantalles que tenien davant eren increïblement grans. En Darwin, amb entusiasme, va calcular ràpidament:

–Això deu tenir més de 50 polzades!

A sota portaven escrit, efectivament. el nom i el primer cognom de cadascun d'ells. De pressa, encara bocabadats, tots sis van seure.

–Escolteu-me, si us plau –va dir mentre començava a esborrar els números que estaven escrits amb guix a la pissarra que hi havia darrere la seva taula. La manera d'esborrar la pissarra va cridar l'atenció d'en Pol. Ho feia lentament i meticulosament, de dalt a baix, amb cura que el polsim del guix caigués amb suavitat a la petita lleixa on es desen els esborradors. En Pol es fixava sempre en els petits detalls que passaven per alt als demés.

–No és casualitat –reprengué la conversa el mestre– que aquesta tarda el professor Tomàs no sigui aquí. Com tampoc no és casual que just a vosaltres us hagin canviat l'esport extraescolar per les classes de reforç.

Els nois i noies es van mirar descreguts.

–Tots vosaltres teniu les qualitats que estava buscant. Però, anem a pams –va continuar–, tinc un avantatge sobre vosaltres: jo us conec i vosaltres a mi no.

El professor anava mirant un per un els nois i noies que seien davant seu.

–I us he escollit personalment. No sou de la mateixa classe, però sí teniu la mateixa edat. No sou ben bé iguals, però sí teniu una cosa semblant: esteu per sota de les vostres possibilitats. No rendiu prou a classe malgrat que el vostre potencial és molt elevat.

–Però què estem fent aquí? –no va poder estar-se de preguntar l'Anwar.

–Deixa'm acabar, si us plau. –El professor va arrugar el front al mateix temps que es posava un dit als llavis en senyal de silenci.– Em dic Joan Salvat, sóc doctor en Enginyeria Informàtica i estic desenvolupant un programari per al qual avui necessito *testers*, vull dir provadors. L'Eva va aixecar la mà disposada a fer una pregunta, però el professor va negar amb el cap.

–Els dubtes després Eva –i va continuar–. Deixeu les motxilles a un costat i seguiu les meves instruccions.

Tots obeïren mentre es miraven amb cara de perplexitat. Aquell desconegut segon soterrani encara tenia moltes coses per descobrir...

–Aquesta capseta que teniu sobre la taula és perquè us traieu tot el que dueu posat a les mans, vull dir anells, polseres, rellotges... tot. No vull tampoc que porteu collarets ni arracades.

L'Amanda es va posar instintivament la mà a les orelles mentre mirava de fit a fit el mestre preguntant-se si de veritat calia treure-se-les.

–Tranquil·la, ningú no ho tocarà –digué avançant-se a la pregunta de la noia, i prosseguí–. També cal que regireu les butxaques i traieu monedes, claus, llaminadures o qualsevol cosa que dueu perquè us podria fer nosa. –Pacientment el professor va esperar.– Ja està? Gràcies.

–Davant vostre teniu un calaix. Obriu-lo, si us plau –va continuar dient el professor.

–Que guai! –va exclamar l'Adrià sense poder-se reprimir quan va veure què amagava el moble que tenia davant seu.

–Aneu amb compte amb aquest material. És molt sensible... i també molt car. Són accessoris de realitat virtual. Poseu-vos les ulleres, els guants, els auriculars i l'armilla amb les bateries, si us plau. Es tracta d'enganyar els vostres sentits fent que el cervell pensi que realment els estímuls que rebeu són de veritat...

–Què vol dir estímuls? –preguntà en Pol.

–Perdoneu si faig servir paraules que no enteneu. Un estímul és allò que estimula –rigué quan es va adonar del que havia dit–. Vaja! Vull dir que un estímul és allò que capteu pels vostres sentits. –I va prosseguir:– Anwar, no et preocupis per les ulleres virtuals perquè les que tens per a tu ja estan dissenyades per tal que no et calgui treure les que duus cada dia.

L'Anwar fins aleshores havia estat molt callat. Alt i prim com un Sant Pau, tenia el cabell negre molt enrinxolat, les galtes sempre vermelles i duia lents perquè tenia miopia. Quan el professor Salvat li va dir que podia fer servir aquells accessoris sense haver-se de treure les ulleres, va aixecar les celles sense entendre com aquell home sabia tant d'ell. Ara, de sobte, va sentir-se important. I la sensació li agradava. Va somriure...

–Tothom està preparat? –va demanar el professor–. Comencem amb les proves de so. Quan sentiu el vostre nom, contesteu i comprovarem que els micròfons estiguin ben sincronitzats. Eva? Amanda? Pol? Adrià? Anwar? Darwin?

Un per un els nois van anar identificant-se seguint les instruccions del mestre. Els llums de la sala havien baixat d'intensitat quan els va manar que s'ajustessin les ulleres, els auriculars i els micròfons.

–Ara us explicaré l'argument i què us trobareu dins d'aquest joc.

–Joc? –va pensar l'Adrià–. Ens volen fer provar jocs? –es preguntava escèptic amb un gest confús dirigit a en Darwin.

Mentre escoltaven la veu del professor pels auriculars, tots sis van veure la mateixa imatge: un plànol d'un vaixell vist des de dalt.

–Primer de tot, una lliçó bàsica de nàutica –deia el professor Salvat mentre a les pantalles apareixia un punter làser vermell amb el qual anava indicant els diferents esquemes que hi apareixien–. El buc d'un vaixell és el cos de la nau, sense màquines ni superestructures. Miraré d'explicar-me sense que em poseu aquestes cares –va reflexionar en veu alta comprovant que els nois es miraven perplexos, com si estiguessin escoltant una conferència en xinès.

–Suposo –va continuar el mestre– que el més adient serà començar pel principi.

Quan estigueu dins d'una embarcació, heu d'oblidar paraules com davant i darrere, o dreta i esquerra. Algú sap com s'anomenen les direccions al mar?

–Babord i estribord volen dir dreta i esquerra –digué l'Amanda.

–Molt bé noia –i seguí–, com diríem davant i darrere dins d'una embarcació?

–Proa i popa? –respongué l'Adrià no gaire convençut.

–Justa la fusta! Algú ens pot explicar el significat de la paraula «quilla»?

Després d'uns instants de silenci, en Pol va aixecar tímidament la mà, i amb la indicació del professor va aclarir:

–La quilla és la peça que corre tot el llarg d'una nau, de proa a popa, a la part inferior del buc. És la base de tota l'estructura de l'embarcació.

–O sigui, és el seu eix longitudinal –explicà mentre indicava on se situava la quilla al dibuix que tots podien veure–. Si mirem el vaixell de costat, hem de distingir entre obra viva, des de la quilla a la línia de flotació, i obra morta, des de la línia de flotació fins a la coberta. –I prosseguí:– Els velers, com el del nostre joc, abans eren construïts totalment de fusta, amb diversos tractaments per tal de fer-la impermeable i més resistent.

–Com ara el vernís? –va preguntar l'Anwar, incapaç de mantenir la boca tancada.

Les seves paraules van fer que el professor mantingués uns instants de silenci. Després va continuar:

–Recordeu: proa és la part del davant i popa la part del darrere. Si mireu des de la popa cap a la proa, babord és l'esquerra i estribord la dreta –deia mentre assenyalava amb el punter vermell i, canviant el to de la seva veu, fent-lo com més amable, continuà:– Memoritzeu-ho, si us plau, i com a mínim podreu dir que avui heu après alguna cosa nova.

L'esquema que mostrava la planta d'una embarcació va desaparèixer difuminadament i una altra il·lustració aparegué davant dels joves que, per mitjà de les ulleres que duien posades, veien tot allò que el professor mostrava a la seva pantalla. Ara podien contemplar una pintura d'un veler amb una bandera vermella penjant de la vela posterior. La bandera semblava tenir una estrella o un sol en un dels extrems, tot i que no s'apreciava gaire bé.

–L'embarcació que veieu en aquesta pintura és... el *Mary Celeste* –digué amb solemnitat el professor–. Un vaixell llegendari i, tal vegada, un vaixell misteriós. El dijous 7 de novembre de 1872 va salpar del port de Nova York amb destinació a Itàlia. Transportava 1.700 barrils d'alcohol.

Les imatges en blanc i negre de la ciutat nord-americana s'intercalaven amb les de la nau.

–Nova York, a finals del segle XIX, era un dels ports més importants del món.

Va aparèixer el rostre d'un home en una foto antiga. Duia barba, però no bigoti, i malgrat el seu aspecte, prim i esquifit, no devia passar dels 40 anys.

–Aquest és el capità Bergsman J. Gibins. Comandava la nau. Juntament amb ell viatjaven la seva dona, la seva filla i sis tripulants. –La veu del professor ressonava emfàtica, seriosa i quasi preocupada–. Tots nou van desaparèixer. Quasi un mes després d'haver salpat de Nova York, un altre vaixell va trobar el *Mary Celeste* a la deriva, vull dir navegant sense rumb. A dins no hi van trobar ningú, però tampoc cap senyal de violència, ni res fora de lloc... Diu la llegenda que fins i tot el te estava servit i encara fumejava. Les barques de salvament estaven a lloc. I els únics estris que es van trobar a faltar van ser el sextant, el cronòmetre i els llibres de navegació.

Abans que els nois preguntessin, el professor els va dir:

–Un sextant és un instrument que els antics mariners feien servir per calcular l'alçada del sol i així poder determinar-ne la posició.

El professor va mantenir el silenci durant uns minuts, esperant que la història fes impacte entre els joves.

–El joc comença a la coberta i l'objectiu és aconseguir el diari del capità. Podeu recórrer tota la nau. –La pantalla va mostrar un plànol de les diferents parts del

Mary Celeste.– Aquí podeu veure la timonera, el menjador i la cuina que estaven a la popa, i al pis de sota la distribució de les cabines del capità i del segon de bord. I tot això –digué mentre ho assenyalava– és la bodega. Memoritzeu-la.

Ara es veia una imatge longitudinal del *Mary Celeste* i el professor Salvat va reiterar la informació. Estava clar que no volia confusions. Repetí:

–Hem dit que hi ha dues cobertes. A la primera hi ha la timonera, el menjador i la cuina, a sota les cabines del capità i de la tripulació que tenia comandament. L'altra coberta serveix per guardar els estris de navegació i està al mig del vaixell. Des d'allà, també es pot accedir interiorment a la bodega, on la resta de la tripulació dormia, en un jaç, una mena de gronxadors de roba, situats prop de la proa. –Va comprovar com els nois seguien amb atenció les seves explicacions.– Alguna pregunta?

–Tenim temps? –En Pol va ser el primer a copsar el repte, acostumat com estava a viciar-se amb facilitat amb els jocs de rol.

–I tant, tot això en menys de trenta minuts –puntualitzà el mestre–. Podeu anar acompanyats o pel vostre compte.

–Podem sortir? Vull dir, deixar el joc en qualsevol moment? –preguntà l'Adrià.

–Ja ho crec –li va respondre el professor–. Teniu un botó de PÀNIC.

–PÀNIC? –preguntà l'Amanda.

–Vol dir com quan prems *reset* a l'ordinador i tornes a començar –confirmà en Pol, segur de les seves paraules.

–No ben bé, perquè aquí no es pot reiniciar res. Un cop premeu el botó que teniu sota l'auricular dret, el joc s'acaba i no podeu tornar a entrar. Heu d'estar molt segurs de voler sortir, perquè serà el final.

El professor enllestia l'explicació assegut a la taula de control i premia el teclat compulsivament mentre consultava les diferents pantalles que tenia davant seu.

–Fem les darreres comprovacions. Ara sentireu una petita punxada a la punta de cada dit. Correcte? Ara fred. Ara calor. Molt bé! –Prosseguí:– Passeu-vos les mans per davant dels ulls, primer la dreta... molt bé, ara l'esquerra. Proveu de trobar el botó PÀNIC... premeu-lo. Tu també Amanda. Així, molt bé –va concloure–. Tots els sistemes estan operatius. Algú té més dubtes?

–Un cop estiguem dins el joc, podrem parlar entre nosaltres? –preguntà l'Eva.

–Naturalment! –va respondre el professor Salvat–. Però estareu sols. Vull dir que jo no puc interaccionar amb vosaltres quan estigueu dins.

–D'acord –va assentir la noia que notava com s'esborronava–. No correrem cap perill, oi? –va rumiar. Ella sempre tan malpensada.

Durant aquells segons d'espera, els joves estaven nerviosos, amb una mescla d'inquietud, agitació i trasbals. En Pol s'empassava saliva. L'Amanda es preguntava si havia posat de menjar al seu hàmster abans de sortir de casa. L'Anwar no entenia ben bé perquè l'havien escollit a ell, però no es queixaria pas perquè tot allò li semblava molt interessant, poc menys que una autèntica aventura. L'Eva estava al·lucinada i no es creia que tot aquell material estigués sota l'escola, ella que sempre es queixava d'estudiar en un col·legi de pa sucat amb oli. L'Adrià pensava en la seva germana, ara li agradaria compartir amb ella tot això. I en Darwin es mostrava desafiador, tenia la mateixa sensació que quan provava un joc d'ordinador nou i es fregava els dits abans de començar, com si estigués davant d'un repte.

–Així doncs, esteu preparats? –Els llums de la sala van començar a baixar d'intensitat fins que els rostres del nois, amb les ulleres i els auriculars posats, estaven il·luminats només per la lluentor de les pantalles. En aquell moment, la veu del professor es va escoltar imponent quan va dir:

–Bona sort! –Les paraules sonaren amb un to molt greu a les orelles dels joves, com si desprenguessin un ressò interminable.

Quatre nois, dues noies i un professor. Tots guaitaven en silenci i esperaven una reacció. De cop, un flaix i el color blanc es van apoderar del segon soterrani de l'escola.

CAPÍTOL 3

Això es impressionant!

–Quina passada de joc!

Les exclamacions dels nois es quedaven curtes amb el cúmul de sensacions que tots estaven sentint.

–Fins i tot ensumo l'olor del mar –va dir l'Adrià al·lucinat.

–I a mi em sembla tenir fred –remugava l'Amanda.

Al començament, un resplendor molt fort havia espantat els joves, juntament amb la sensació d'una capbussada a una piscina amb l'aigua molt freda. Després, quan van tornar a refer-se i els ulls començaven a enfocar de nou, tots sis es van trobar a la coberta de fusta d'un vaixell que, fins i tot, es balancejava com si estigués navegant i feia aquells espetecs de la fusta quan es contrau pel fred de l'aigua. Les ones xocaven contra l'embarcació i el molest soroll inicial s'anava convertint en una remor constant a la qual aviat es van acostumar.

En Pol va anar fins a la barana de la coberta i va mirar amunt. Recordava els llibres de pirates que el seu pare li havia llegit tantes vegades. «Arrieu les veles del pal de messana!», quasi podia escoltar la seva veu que s'emocionava llegint-li aquelles històries. D'alguna manera encomanat pels gustos del seu pare, a en Pol li encantaven els vaixells, especialment els antics velers. Les històries del mar el fascinaven, sobretot quan navegar era tota una peripècia, una aventura poc menys que temerària. S'imaginava dins d'una expedició en ruta cap a algun lloc desconegut. Paraules ignorades per altres nens com «quilla», «bauprès» o «pal de trinquet» eren molt familiars per a ell, que d'amagat de la seva mare encara es disfressava de corsari i es creia comandar un galió cap a l'illa pirata de Tortuga.

Quan es va sorprendre pensant en el pare, ràpidament va canviar el gest de la cara. No volia estimar-lo. Havia deixat la mare per una altra dona. Encara que, a ell, no li hagués fet mal directament, en Pol creia que en realitat mai no els havia estimat. El seu pare havia escollit una altra vida i formar una nova llar. Malgrat l'enyorava molt, mai no gosaria reconèixer-ho. A vegades preferia conformar-se amb tots els bons moments que havien passat junts, quan encara els tres eren una família.

Intentant treure's del damunt el sentiment i les ganes de plorar, en Pol va avançar per la coberta seguint la barana que envoltava el vaixell, va treure mig cos per la borda i va mirar a dreta i a esquerra. Observà que estava pintat en negre fins més o menys la línia de flotació. Amb el moviment de les ones, comprovà que la part de sota fins a la quilla era de color marró fosc de fusta envernissada.

Veié que era un típic navili de càrrega de vela de dos pals. A la sobreproa, hom havia construït dues cobertes, també pintades de blanc però amb el sostre d'un blau quasi elèctric, que cridava molt l'atenció. Una era al castell de popa, on sempre hi havia la timonera i, segons els plànols del professor, també la cuina i les cabines; l'altra era al mig de la coberta, entre els dos pals.

Notà una sensació estranya mentre recolzava les mans al passamà blanc de la coberta. Estava humit. I fregant-se la punta dels dits, en Pol va estar cavil·lant una bona estona com era possible que un programa d'ordinador, per molt virtual que fos, podia donar aquelles sensacions tan reals. A més, recordava dur posats els guants de realitat virtual, però ara ell podia veure's les seves mans nues, i molles...

El dia era clar, tot i que hi havia uns quants núvols a l'horitzó. La nau tenia les veles desplegades. Eren d'un color marronós. Això estava pensant l'Eva, que mai no havia estat a bord d'un vaixell. A les pel·lícules, les veles eren molt blanques, però les d'aquí es veien més aviat brutes, i plenes de pedaços com si s'haguessin estripat mil cops. La noia va pujar unes escaletes que duien a una part més elevada en direcció cap a la popa. Va mirar cap a un costat i cap a l'altre, entre al·lucinada i descreguda davant el realisme de la simulació. Sentia l'aire fred del mar contra la cara i fins i tot la sensació de com unes minúscules gotes mullaven les seves galtes.

–Uau! Això és espaterrant! –va cridar en veu alta–, però el soroll del mar i les ones van ofegar el seu clam.

L'Adrià va ser el primer a deixar d'estar badoc i pensar ràpidament. Això era una embarcació de càrrega, o sigui que si volien trobar alguna cosa havien d'anar cap a la popa del vaixell.

–Com és que tinc fred? –tornà a insistir l'Amanda.

–Anem! Entrem per aquella porta –va dir en Pol sense fer cas del comentari que repetia la noia.

Quan en Darwin va agafar el pom de la porta que donava accés a la popa, va tenir un calfred. Allò superava tot el que havia jugat abans. L'empunyadura estava freda i notava la sensació al palmell de la seva mà. Lentament, va girar-la per accedir dins la nau.

L'interior de fusta cruixia amb cada passa dels nois. I l'olor, aquella fortor a fusta molla era tan real! A dins, tot estava decorat com si fos l'habitació d'un hotel antic. De les parets en penjaven quadres amb il·lustracions antigues de velers. Una taula gran envoltada per quatre cadires folrades amb vellut granat, un rellotge de paret i un mapa del món emmarcat eren tota la decoració d'aquella estança.

Damunt la taula hi havia estès un mapa subjectat per quatre pesos que servien de petjapapers. Allà no hi havia ningú i el timó no parava d'anar d'un costat a l'altre. Tal com els havia assegurat el professor, el vaixell estava buit.

–Separem-nos –va proposar l'Adrià. Vegem qui és el primer que troba el llibre, vull dir el diari del capità.

–Jo vinc amb tu –va dir l'Eva.

–I jo –afegí l'Anwar.

Tots tres van baixar per l'escala que conduïa a les cabines. Allà tot semblava estar al seu lloc. Trobaren els mobles ben tancats, la roba dins els armaris i, als calaixos, tot ben posat.

A la cabina del capità també tot es veia en ordre, perfectament col·locat. Llibres als prestatges, paper de carta a l'escriptori, fins i tot van trobar diners dins una cartera de pell envoltada per una cinta de cuir negre i un medalló daurat gravat amb les inicials B.J.G. dins el primer calaix.

–Carai, quin realisme! –L'Adrià no es va poder reprimir i va mirar dins la cartera. Hi havia documents escrits a mà i un feix de bitllets. Tampoc va voler tafanejar més del compte i no va desdoblar els documents per llegir què deien.

En aquella cabina, hi havia una pissarra a la paret on es podien llegir unes coordenades, longitud i latitud. I també una data, 25 de novembre de 1872.

En Darwin semblava tenir experiència en això dels reptes dins d'un joc i ja estava obrint calaixos, espiant dins dels armaris i darrere dels mobles. Va passar la mà per sota del llit i els dits se li van embrutar de pols i pelussa.

El noi es va quedar pensatiu mirant la brutícia als seus dits. Era possible tant de detall, tanta precisió en les minúcies dins un programa? Almenys ell no s'havia trobat mai en cap com aquell. I, probablement, era ell qui més estava gaudint de la situació plantejada.

Mentrestant, en Pol es va capficar i no sabia ben bé per què. Era al menjador, la taula estava parada i a punt per servir. Les cadires ben alineades, els coberts pulcrament disposats a taula, però hi havia alguna cosa en aquell compartiment que no li quadrava, i no sabia què era. Mirava i tornava a mirar, i no trobava amb els ulls allò que el seu cervell li estava dient que no corresponia.

Intentava deixar de pensar-hi, però un sisè sentit l'estava advertint. Caram! No ho sabia interpretar.

L'Amanda es feia fregues als braços i començava a tremolar.

–Com és possible que tingui fred? –no parava de repetir–. Representa que no hem sortit de l'escola, oi?

En Pol es va quedar dempeus davant del mapa. Va cridar els altres.

–Ei, mireu! Això es un mapa de l'Oceà Atlàntic i tenim una ruta marcada, que se suposa que és la que està fent aquest vaixell, oi? Doncs el que no entenc és...

En aquell moment aparegué l'Adrià triomfant amb un llibre a les mans.

–Ja l'he trobat... –reia faroner–. Ha estat molt fàcil, era sobre l'escriptori del segon oficial, un tal Harrison C. D. Calbert.

–Me'l deixes veure? –L'Anwar seguia mirant el mapa.– Busca l'última pàgina escrita.

–Aquí diu –resseguia la lectura amb el seu dit– «24 de novembre de 1872: Naveguem al sud de Flores, Pico, Terceira en direcció a Santa Maria».

–Mireu! –L'Eva assenyalava el mapa estès a la taula.– Aquí també diu «25 de novembre de 1872. Naveguem entre les illes de São Miguel i Santa Maria».

En Darwin seguia mirant el mapa.

–Són les illes Açores, al mig de l'Atlàntic, guaiteu...

Tots sis es van situar rodejant el mapa i van veure com una fina línia vermella sortia de Nova York en direcció est.

–Bé, si ja ho tenim... ja podem tornar, oi? –va dir l'Anwar, que s'adonava com els seus budells sentien una irrefrenable necessitat de menjar alguna cosa.– Seran els mateixos nervis o l'emoció, però tinc gana –va pensar.

–Sí, marxem, que aquí fa fresca.

–Doncs au, vinga, anem –va dir l'Adrià, orgullós i desitjós d'informar al professor que havia estat ell qui havia trobat el diari del capità.

–No ho acabo d'entendre –es repetia en Pol mentre es fregava la barbeta amb els dits.

–Anem, que m'estic congelant! –l'Amanda seguia rondinant.

–Com és possible que olori menjar? –es va preguntar l'Eva mentre dirigia els seus passos a la cuina. Allà, a sobre del fogó, hi havia una olla amb pollastre cuinat a dins, i la tetera estava calenta, segons va comprovar la noia envoltant-la amb les dues mans.

–Què es el que no entens? Ens ho anaves a explicar quan ha arribat l'Adrià –va preguntar en Darwin a en Pol.

–No ho sé. Si aquesta nau va cap a Itàlia... –va dir mentre resseguia amb el dit la ruta des d'Itàlia fins a l'oest– l'únic camí possible des d'Amèrica és travessant l'estret de Gibraltar que dóna pas al Mar Mediterrani, correcte?

–Ja ho crec! –en Darwin intuïa les conclusions d'en Pol.

–Aleshores, com és que el vaixell després de deixar enrere les Illes Açores, gira cap al nord com si anés a... –i seguí la línia amb el dit– cap a... –el seu dit va arribar a terra– Portugal?

La pregunta va quedar a l'aire. En Darwin ràpidament començava a especular si no es tractava d'algun senyal que el programador havia posat al programa només apte per als jugadors millor preparats... Una cosa així com picar l'ullet als més avançats. Fet per tal que, qui ho trobés, tingués un «extra» en el joc; segons la seva experiència, consistia en vides infinites, una nova pantalla o un nivell no accessible a tothom.

Tot d'una, el silenci es va veure trencat pels xiscles de l'Eva que des de la cuina cridava.

–Una rata! He vist una rata!

Tothom es va precipitar cap a la cuina mentre en Darwin deia admirat:

–Ostres! Quin joc més ben fet! Quin realisme!

L'aspecte del menjar era realment apetitós, el pollastre que hi havia dins l'olla deixava anar una flaire boníssima. Si més no, això li semblava, a l'afamat Anwar.

–Que et ve de gust un platet? –L'Adrià li va donar un copet a l'esquena mentre reia de la golafreria del seu company, que no parava de mirar-s'ho.

Va ser aleshores quan, mentre tots reien i feien broma sobre la imparable necessitat de menjar de l'Anwar, l'Amanda va sentir un soroll que provenia de dins mateix de la cuina.

–Calleu! No ho heu sentit?

–Què? –preguntà en Pol encara amb un somriure als llavis.

–És com si algú estigués gemegant...

Tots van fer silenci. L'Amanda, tot i ser la més poruga del grup i fer-se pesada amb el seu fred constant, va obrir de cop l'armari que hi havia sota l'ull de bou de la cuina, i allà, ajupida entre draps bruts, amagada entre uns sacs de farina, l'Amanda va descobrir... una nena!

CAPÍTOL 4

Una nena...

–Una nena?

Què feia una nena dins aquell joc? Tenia la cara bruta i els ulls plorosos. Del nas li regalimaven restes de mocs. Duia un vestidet que havia estat blanc i una armilleta de fil amb un brodat de flors grogues a un costat. Tenia el cabell recollit a darrere amb la ratlla a una banda, però estava molt despentinada. I tremolava, no sabien ben bé si de fred o de por.

–Hola bonica –va dir l'Amanda en un to que pretenia ser tendre i suau mentre li estenia la mà per ajudar-la a sortir de l'armari.

La menuda sanglotava ploriquejant i obria els ulls amb un gest de por. Desconfiava dels desconeguts. Per un moment tots van oblidar l'objectiu del joc i van ajudar la petita a sortir del seu amagatall.

L'Eva va treure ràpidament la conclusió que aquell professor, aquell que feia cara de bona persona, els estava aixecant la camisa, els estava mentint. I ella no havia estat capaç de descobrir l'engany. Què estava passant?

L'Anwar no podia suportar la sensació de fam. La seva cartera sempre era plena de fruits secs. I qualsevol moment era bo per endur-se una ametlla a la boca. Tenia problemes intestinals i el metge sempre li deia que no deixés passar gana al seu estómac. El mal de panxa era constant i, ara que ho pensava, des del migdia que no havia menjat res. En moments com aquells, es penedia de no ser més previsor.

En realitat, l'Anwar volia tornar a l'escola. Pensava en la seva bosseta d'avellanes, la que amagava en una butxaqueta dels seus pantalons. El professor havia insistit tant a buidar-ho tot que ell va obeir-lo. Mentre tothom estava pendent de la nena, els seus ulls corrien bojos per la cuina cercant alguna cosa per menjar. Ja en tenia prou, d'aventures.

A l'Amanda, li sortia la dèria de mare. Era com tornar a jugar a nines, però encara millor perquè tenia la sensació que aquella noieta espantada la necessitava de debò. La nena respirava amb dificultat, com si hagués estat plorant molta estona. Les llàgrimes que queien per les seves galtes li havien embrutat la cara. L'Amanda acaronava el cabell de la nena tractant de calmar-la.

–Mama? On és la meva mama? –va dir en veu molt baixa.

–El vaixell està buit, oi? –va preguntar l'Adrià–. Almenys les cabines. Vosaltres heu vist algú a la bodega?

–No hem arribat a anar-hi, Adrià. Has anat tan ràpid trobant el que buscàvem que no hem tingut temps d'anar enlloc més –va respondre en Pol amb un deix de retret.

–Dolents! Homes dolents! –la noieta va començar a fer el bot, a punt d'arrencar a plorar de nou.

–Homes dolents? –es preguntava l'Eva–. Què deu voler dir?

–No em puc creure que qui hagi dissenyat aquest joc d'ordinador posi aquest parany, aquest personatge només com a distracció. Segur que té una finalitat –assegurava en Darwin.

–Però, un moment –va intentar reflexionar en Pol mentre els altres envoltaven la nena–. Si això es un joc, com és que... No entenc res. O sigui... –Les preguntes se li amuntegaven al cervell, intentava trobar una explicació coherent, una lògica per a tot el que estava succeint.–Ajuda'm, Darwin.

–Si jo amb els guants de realitat virtual –va dir mentre posava la mà a sobre d'una cadira– puc notar la presència d'aquest moble i el meu cervell ho interpreta com si fos de veritat –i continuà:– aleshores –i amb la punta dels dits tocà el cabell de la nena– aquest és un personatge virtual que...

–No té gaire sentit Darwin –l'Adrià el va interrompre–. Si això és un joc i tot el que estem vivint està dins d'un ordinador... com és que l'Anwar s'està menjant aquell tros de formatge?

CAPÍTOL 5

Un moment, un moment –digué l'Eva com si tingués ganes de demanar temps mort, d'aturar el partit–. Aquí hi ha coses que no acabo d'entendre. Quant temps portem jugant?

–No ho sé –digué l'Adrià mirant instintivament el seu canell i comprovant, amb desgrat, que el professor li havia fet treure el rellotge–. Potser ha passat mitja hora?

–Jo crec que més –digué en Pol.

–El professor ha dit que teníem només trenta minuts per enllestir la recerca del llibre –assegurà en Darwin.

–De veritat no hi ha manera de saber quina hora és? –preguntà l'Eva lamentant-se.

–Per què ho vols saber?

–Perquè tinc la sensació que el professor ens ha amagat alguna cosa. –Tancà els ulls com si estigués intentant concentrar-se i pensà en veu alta.– Ens ha enviat a un joc que passa dins un vaixell, però tot això sembla real, vull dir real de veritat.

–Vols dir que estem realment dins d'una nau, al mig del mar?

–Mmmm... Tu què creus? –rigué l'Anwar, que encara s'estava empassant el formatge–. No conec cap videojoc en què donin de menjar als jugadors. –El seu humor estava canviant. El menjar provocava en aquell xicot uns dràstics canvis d'estat anímic. I ara era la mar de feliç.

–Sí, és clar, però el més sorprenent és trobar un personatge com la nena –ara era l'Adrià qui tornava a enraonar.

–Parles com si no fos de veritat. Jo crec que... –començava a parlar en Darwin quan el van interrompre.

–Quin era el botó per poder sortir del joc? –preguntà en Pol.

–Aquest d'aquí, a sota l'auricular dret –li respongué en Darwin.

–Ei! Però no podeu deixar aquí aquesta nena –es planyia l'Amanda–, jo no me'n penso anar... –advertia.

–Però el mestre ens ha dit que només teníem mitja hora –recordà l'Adrià.

–Jo no me'n vaig –insistí l'Amanda, ferma, pujant el to de veu.

–Això no estava previst. Crec que el millor que podem fer és anar a consultar-ho al professor. No us sembla?

–En Darwin intentava posar seny abans que els nois comencessin a discutir.

–D'acord, però qui se'n va? –preguntà l'Adrià.

–Jo em quedo amb l'Amanda –assegurà en Pol, que buscava la mirada còmplice de la noia.

–Jo no me'n vaig sense saber per què el vaixell ha canviat de ruta –en Darwin també parlava convençut.

–Bé, doncs, ens dividirem en dos grups. Vosaltres tres, Amanda, Pol i Darwin, us quedeu, i nosaltres tres marxem –digué l'Eva assenyalant l'Adrià i l'Anwar, esperant una resposta afirmativa.

–No em fa gaire gràcia separar-nos i que alguns sortiu del joc –digué en Darwin mentre feia un gest de desaprovació–, però si ho hem de fer, endavant.

L'Anwar va estar també d'acord a abandonar el joc. Abans-d'ahir l'altre va tenir molts vòmits i no volia arriscar-se a un altre atac de gana. Patia pel seu estómac i volia tornar. Segurament era el més fàcil de convèncer per renunciar. Així, van decidir tornar l'Eva, l'Anwar i l'Adrià.

Anirien a demanar explicacions al professor Salvat. Bàsicament perquè no sabien què havien de fer. Tots alhora van fer un compte enrere: tres, dos, un... i els tres joves van prémer el botó de PÀNIC.

Un altre cop l'encegadora llum de flaix i la sensació que mil agulles petitones es clavessin per tot el cos... i es van retrobar asseguts a les cadires de la sala d'ordinadors. Només va durar uns segons, però un xiulet gairebé insuportable, que mica en mica s'anava esvaint, els va fer gesticular tancant els ulls amb una ganyota de dolor.

Mentre es refeien, van notar com les mans del professor Salvat els ajudaven a treure's l'armilla, les ulleres i els auriculars. Sobtadament, gairebé va arrencar el llibre de les mans de l'Adrià.

–L'heu trobat! –va cridar–. L'heu trobat! Nois, heu donat la talla!

El professor semblava embogit, tant que en un primer moment ni tan sols es va adonar que només havien tornat tres dels sis joves que havien començat el joc.

Anava passant les pàgines gairebé amb desesperació, buscant encara no sabia què, quan de sobte l'Adrià va tancar de cop el diari del capità, mirant-lo als ulls amb una mescla de ràbia i indignació.

–Crec que ens hauria d'explicar per què el vaixell no estava buit.

–Què? Com que no estava buit? –el professor repetia la pregunta donant-se temps per entendre el que aquell noi li estava dient.

–Hem trobat una nena d'uns quatre anys. –L'Eva va aixecar les espatlles mentre separava els braços com esperant una resposta.

–I només fa que plorar –explicà l'Anwar, que va trobar aquest fet d'allò més inexplicable.

–Un moment, un moment –digué el professor Salvat aixecant les mans–. A poc a poquet. –Obrí els palmells cap a dalt i digué:– Expliqueu-m'ho tot.

Els nois li van relatar com en un primer moment tot anava sense dificultats. Van reconèixer la capacitat del programa per fer creure que estaven realment a alta mar, l'olor, el fred que sentia l'Amanda, el balanceig del vaixell. Trobar el llibre tampoc no va presentar cap dificultat, doncs estava a la cabina del segon oficial. L'Eva precisà el detall del canvi de rumb un cop travessades les illes Açores.

–Cap a on? –va voler saber el professor mentre consultava el quadern del capità.

–Cap al nord, no cap a l'estret de Gibraltar –sentencià la noia.

–Però si anava a Itàlia –confirmà el professor mentre es gratava la barbeta amb actitud pensativa.

–Això mateix va dir en Darwin. Potser volia aturar-se a Portugal? O potser enfilava cap a una altra destinació? Anglaterra? França?

–No té gaire sentit. El carregament, tot i ser valuós, no era cap tresor. Vull dir –aclarí el professor– que no crec que fos cobdiciat per cap vaixell rapinyaire. Només transportava alcohol.

–Vaixell rapinyaire... Vol dir pirates? –preguntà excitat l'Anwar.

–Bé –seguí el professor–, vull dir aquells que un cop a mar obert no tenen escrúpols si el botí paga la pena.

–Però... –el tallà l'Eva– encara no ens ha explicat què fèiem nosaltres allà. O sigui, on ens ha enviat?

El professor Joan Salvat mirà fixament els ulls de l'Eva. Aquella noia no es conformaria amb una explicació qualsevol. S'intuïa un caràcter fort i audaç en aquella mirada desafiant. Aquella noia volia saber la veritat. Però la veritat...

–Escolteu-me. –El professor prengué un posat seriós.– Us he de demanar disculpes. –I argumentà:– Tractant-se d'una embarcació buida pensava que... en no haver-hi interacció... –començava a divagar, semblava que volgués donar voltes perquè no gosava explicar la realitat.

–On ens ha enviat? –l'Adrià tornà a fer la pregunta.

–No hi donem més voltes. Adrià, Eva, Anwar. Aquesta màquina... us ha portat... al passat.

CAPÍTOL 6

Mentrestant, al vaixell, l'Amanda tractava de fer-se entendre amb la nena, calmant-la, mentre li donava alguna cosa de menjar. Havia esbrinat que es deia Sofia, Sofia Gibins. Era la filla del capità. El seu pare l'havia amagada en un armari de la cuina, suposadament per salvar-la d'algun perill.

En Darwin recordava que el professor els havia explicat, abans de sortir, que a banda de la tripulació, en aquell viatge el capità s'havia endut la seva família.

–Què fa una nena dins el joc? –va preguntar en Pol.

–Encara no ho veus? –respongué en Darwin arrugant el nas–. Això no és cap joc –i veient el posat del noi, enllestí la conversa amb una frase lapidària:– Benvingut al món real! –digué mentre serrava els llavis i aixecava les celles.

L'Amanda se'l va mirar amb preocupació mentre acaronava els cabells de la Sofia i intentava pentinar-la amb els dits.

En Darwin tractava la situació com si estigués veritablement dins un repte d'algun videojoc. Els seus ulls no paraven de donar voltes a la cuina. De sobte es va adonar d'un detall que abans li havia passat per alt. El rellotge daurat que penjava de la paret de la cuina, on estaven asseguts, anava cap enrere. Es va gratar els ulls pensant que no s'hi havia fixat bé. Que estrany –va pensar–, què significaria això? Era algun tipus de senyal?

La nena estava més calmada i agafava amb força la mà de l'Amanda mentre intentava demanar, incansable, on era la seva mare. No deixava de parlar d'uns homes dolents que havien fet mal al pare i que no la devien trobar de cap manera.

De sobte, el que va començar com un simple mormoleig, un murmuri esmorteït pel soroll del mar, va augmentar. En Darwin va aixecar el seu dit índex com demanant silenci i atenció a la vegada:

–Quin soroll és aquest? Oh, merda! –la veu li va tremolar–. Hi ha més gent aquí!

–Ostres... són veus –es lamentà en Pol, que sentia una esgarrifança i tot d'una notava la pell de gallina sota la roba.

Les veus d'uns homes que s'acostaven des de la banda de proa els va deixar estupefactes.

–Compte, nois, que no estem sols –va dir en Darwin amb cara de preocupació perquè en aquell moment no sabia què carai calia fer.

–Ostres, Ostres! Sort que el professor Salvat ens havia dit que el vaixell estaria desert –esbufegà en Pol–. Vinga, ràpid, ens hem d'amagar –digué assenyalant cap a dins.

Segurament per primera vegada a la seva vida en Pol tenia por, però pànic de veritat. Allò no era cap pel·lícula. Si tot estava passant de debò, si aquells homes que ara venien cap a la timonera s'havien desfet del capità sense compassió, què no els farien, a ells? El calfred li va recórrer una vegada més la columna vertebral.

Mentre baixaven corrent les escales que duien a les cabines, l'Amanda, que portava en braços la nena, en Darwin i en Pol es feien un sens fi de preguntes. Tantes que no sabien per on havien de començar: Què havien de fer? Donar-se a conèixer?

Esperar que aquells homes, suposadament mariners que s'estaven al vaixell, entenguessin que una colla de nens havia vingut de Déu sabia on per rescatar una nena? Allò no hi havia qui s'ho empassés. Havien de tornar amb el botó de PÀNIC? Però, si ho feien, què seria d'aquella petita? Ella no podria tornar amb ells, o sí? Com és que la nena estava amagada si encara quedava gent a bord?

L'havien amagada per protegir-la? Protegir-la de qui? Dels que s'havien quedat? Qui estava ara al comandament de la nau? Si hi havia mariners al vaixell, com és que van deixar la timonera buida? Per què no els havien vist abans? On eren aquests homes mentre els nois estaven buscant a les cabines? I la pregunta més important de totes ara mateix: on trobarien algun racó suficientment segur per poder-se amagar tots quatre?

La millor solució, però sobretot la més ràpida, va ser anar a corre-cuita cap a la bodega de càrrega. Hi havia un accés des del passadís de les cabines a la popa.

Allà van trobar un munt de garrafons. En Pol va recordar que el *Mary Celeste* transportava alcohol en aquells recipients. A la banda de babord, hi havia uns enormes baguls de fusta plens de cordes. Van buidar-los i els quatre s'hi van posar a dins, mirant de no fer cap soroll i tornant a posar les cordes per sobre per tal de dissimular el seu refugi.

Però, allà, ocults, no escoltaven res del que estava passant a coberta. Quant de temps haurien d'estar en aquella situació?

En Darwin va decidir anar a esbrinar alguna cosa més. Van pactar amb l'Amanda i en Pol que si alguna cosa passés, ell faria servir el botó de PÀNIC per tornar i demanar ajuda. I parlant d'ajuda, per què no havien tornat encara els seus companys amb una resposta?

Va acostar-se a la porta del passadís de les cabines. Intentava caminar de puntetes, provant de no fer cap soroll. Escoltava una conversa llunyana, però amb la porta tancada no podia entendre bé el que deien. Amb molta cura va obrir-la i llavors va escoltar l'inici d'una discussió.

–Ja en tinc prou! No sé on més podem mirar.

–Sí, Greg, hem regirat arreu, hem mogut un per un tots els bidons i, saps què?, tenen dins el que han de tenir: alcohol. I res més! –s'exclamava un noi jove.

–Doncs... ha d'estar amagat en algun lloc. –L'home que parlava tenia la veu trencada, com si estigués molt afònic i hagués de fer un esforç per dir qualsevol paraula. Sentir-lo parlar feia angúnia.

En Darwin va entendre ràpidament perquè no havien vist ningú quan tots sis van arribar a la coberta del vaixell. Els homes que ara escoltava parlar devien estar a la bodega de càrrega cercant alguna cosa. Alguna cosa que encara no havien sabut trobar. També va discórrer com havien d'estar aquells individus de desesperats buscant el que fos, que fins i tot havien deixat buida la timonera... La conversa, més aviat disputa, dels mariners va treure en Darwin de les seves elucubracions.

–Greg, em sembla que no hem fet ben fet –es va lamentar un home que per la veu semblava jove.

–Calla i segueix pensant on dimonis l'ha amagat, Byron. –Després d'esbufegar s'explicà:– Us torno a dir que vaig escoltar tota la conversa. Parlava amb en Harrison, el segon oficial, i no paraven de discutir. Pel que sembla, els deutes del capità a Nova York són insostenibles. Per això s'emportava la dona i la filla. Per poder començar una nova vida a Europa. Tenien previst deixar-nos a l'estacada.

–I què devien voler? Cobrar l'assegurança? –preguntà un tercer home que semblava ser el més vell de tots tres.

–No ho sé ben bé, el que sé és que la discussió es va acabar quan el capità va dir a en Harrison que no s'havia de preocupar, que amb la fortuna que aconseguiria amb la venda del mapa que portaven amagat al vaixell en tindria suficient també per a ell. Richardson no volia abandonar la seva dona i el capità el va convèncer que aviat, amb els diners suficients, la podia fer venir a Europa a reunir-se amb ell. Semblava que tenia el pla molt ben estudiat i també que no li quedava cap altra sortida.

–Però hi ha una qüestió que no entenc –digué l'ancià–. Conec el capità i el seu soci Chester H. J. Wiseman des de fa molt de temps. Tenen molta anomenada a Nova York i una guanyada reputació de gent honrada i lleial. No puc concebre que el capità el traeixi d'aquesta manera.

–No estem traint nosaltres també? –replicà altre cop amb pessimisme el noi més jove amb to de queixa.

–Tens raó –replicà en Greg–, però els diners són els diners.

–Però, Greg –seguia planyent-se el més jove, en Byron–, no te n'adones? On anirem ara? On portarem el vaixell? I si el capità o el primer oficial sobreviuen? Potser... no, no, segur que ens denunciaran.

–Hauríeu hagut de tenir més coratge i matar-los a tots. No deixar-los en una barca. Sembleu babaus! –exclamava el més vell.

–Tobias, tu tampoc hauries estat capaç de fer-ho. El capità no era mala persona –es lamentava en Byron–. No podia matar-lo. Em va semblar millor deixar que el mar se n'encarregués. –Va esclatar a plorar.– Déu meu! Què hem fet?

–Almenys li podies haver tret a cops on havia amagat el mapa –exclamava en Tobias.

–Prou xerrameques! –L'home de la veu trencada, en Greg, el que semblava que s'havia interposat als seus companys com a líder, va donar un cop de puny a la paret mentre parlava parsimoniós.– No... hi ha temps...

per a lamentacions. El mapa és en aquest vaixell, i us juro que el trobaré...

En Darwin intentava recordar mentalment tot el que havia escoltat. Hi havia tres homes, el de la veu trencada que semblava dir-se Greg, un de més vell, Tobias, i el noi que plorava, el més jove de tots, que es deia Byron. Greg, Tobias i Byron. Greg, Tobias i Byron. Greg... –repetia constantment amb la intenció de memoritzar-los.

CAPÍTOL 7

El professor Salvat mirava d'explicar-se davant l'enutjosa mirada dels nois que, a banda d'una explicació, volien saber com fer tornar els seus companys.

–Mireu. Això d'aquí –va dir mentre amb una mà assenyalava els ordinadors– en realitat és tot un descobriment. Heu sentit parlar alguna vegada de la teletransportació? –I mirant la cara de malfiança dels nois, continuà:– Bé, el cas és que aquesta és una màquina que calcula on són els objectes. Per fer-ho, necessitem l'amplada, la llargada i l'alçada. Ho enteneu? –Cap resposta.

El professor Salvat prosseguí:

–Entesos. Doncs, a les tres dimensions que conformen un volum, hi hem afegit una altra variable: la ubicació temporal. O sigui, jo puc tenir un objecte aquí –assenyalà un costat de la taula– i el puc fer anar allà –indicava a l'altra banda del moble–, però el que és més important, el puc transportar a... ahir! –digué orgullós.

L'Adrià, l'Eva i l'Anwar seguien les explicacions amb una mescla de sensacions.

D'una banda estaven al·lucinats per la situació, encara sense entendre del tot l'abast de la màquina que tenien al davant, però per l'altra estaven enfadats, i molt, i intercanviaven mirades d'impaciència. No volien grans explicacions científiques, només volien solucionar-ho tot i tornar cap a casa.

–Heu estat els primers a viatjar en el temps –mig va riure el professor–, hauríeu d'estar agraïts i contents.

–Ho estarem quan els nostres amics hagin tornat –sentencià l'Eva, que estava molt empipada. No li agradaven les sorpreses i encara menys els enganys. I aquell home els havia fet empassar la píndola per participar en aquella «aventura» i obtenir una cosa que només ell volia, i a sobre ara estava rient-se d'ells, tot considerant-los uns afortunats. Serà brètol! –va pensar a mesura que s'emprenyava per moments.

–Com podem fer-los tornar?

–Avui no pot ser –es va lamentar el professor amb un gest cavil·lós al rostre.

–Què? –van preguntar tots tres alhora.

–Com que no pot ser avui? –l'Anwar també s'estava començant a enfadar de debò–. I quan podrà ser?

–Demà com a molt aviat. Les bateries s'han de carregar i no es cosa de minuts. –I intentant tranquil·litzar-los, afirmà:– Ells poden venir en qualsevol moment prement el botó PÀNIC, però nosaltres no podrem tornar allà fins que les bateries estiguin un altre cop operatives. Doneu-me un minut i posaré a carregar el material de seguida.

–Això ens ho podia haver dit abans i no hauríem tornat tots tres –desaprovava l'Eva mentre feia escarafalls.

–Qui havia de pensar que caldria fer més d'un viatge d'anada i tornada? –digué el professor com si es volgués disculpar.

L'Eva ja no podia més amb la ràbia que duia a sobre. Necessitava urgentment analitzar-ho tot. S'aixecà. Va anar cap a la pissarra que hi havia darrere de la taula de control. Agafà un guix i començà a parlar en veu alta.

–Nosaltres estem aquí –va dir mentre escrivia «ARA». Es va quedar guaitant un moment la pissarra. S'ho repensà i va substituir la paraula que havia escrit per «PRESENT»– i ells estan allà –digué escrivint «PASSAT». Dibuixà sis fletxes des del «present» fins al «passat». Va escriure la paraula «nena» a sota del passat. Després va fer el camí invers dibuixant tres fletxes des del passat fins al present.

–A veure, professor –després de fer escarafalls, l'Eva intentà respirar profundament i preguntà amb veu fingidament calmada:– Si quan estiguin carregades les piles anem al vaixell, podríem fer tornar la nena amb nosaltres?

–Mai de la vida! –exclamà forassenyat–. Potser no ho entens, Eva, però això seria gravíssim, provocaria una ona temporal de conseqüències imprevisibles, sens dubte molt perilloses.

–Però si segurament la nena hauria mort allà sola!

–O no. Potser l'hauria trobat el mateix vaixell que va rescatar el *Mary Celeste*. Pensa que tot just faltaven un parell de dies perquè apareguessin els rescatadors. A més a més, allà hi havia prou menjar com per sobreviure unes quantes setmanes.

–Vostè pot venir amb nosaltres? –preguntà l'Adrià mirant de cercar ajut per a un viatge com aquell.

–Em sap greu, però tampoc –raonà el professor Salvat–. Aquesta màquina està en fase experimental i només pot desplaçar masses inferiors a 50 quilograms. Com us podeu imaginar, jo peso més, així que no puc.

–Ah! Ja deia jo! –va comprendre l'Anwar–. Per això ens ha fet viatjar a nosaltres... –i seguí divagant en veu alta–. Jo estava pensant... I si aquest llibre era tan important i tenia la màquina a la seva disposició, com és què no hi ha anat ell mateix? És clar, no podia... és per això. Doncs, perdoni'm, senyor professor, però és vostè un aprofitat desvergonyit –el mateix Anwar en escoltar-se va aixecar les celles tot incrèdul – Renoi quin vocabulari!

–Però és que s'ha begut l'enteniment? –ara era l'Adrià qui estava fent servir una típica frase del pare per mostrar el seu empipament–. No veu el perill a què ens ha exposat?

–Ho admeto i us demano disculpes nois –va assegurar el mestre–. Pensava que estaríeu sols, de debò.

–O sigui –l'Eva seguia a la pissarra posant en ordre les seves idees–, els nostres companys estan atrapats en el passat, amb una nena que no sabem d'on ha sortit, i nosaltres no podem fer res fins demà.

–No és ben bé així. No és exacte.

–Què vol dir? –quasi va xisclar l'Eva. Havia passat del nivell «empipada» a la categoria de «molt empipada».

–Doncs que sí sabem qui és aquella nena. És la filla del capità Gibins, la Sofia. I, sense saber-ho, heu afegit un altre dilema a l'enigma del *Mary Celeste*.

–I això significa...? –li preguntà l'Adrià.

–Doncs... penseu. Què pot motivar un pare a abandonar la seva filla dins d'un vaixell?

–Que el perill a què s'exposava encara seria pitjor... –argumentà l'Anwar.

–Exacte! Però segur que era preferible deixar-la allà? Sola?

–Curiós, curiós. –L'Adrià arrufà el nas.– De quin risc volia salvar la nena?

–I això em fa pensar... –Es dirigí cap a un ordinador i teclejà ràpidament, tot i que seguia parlant.– On vàreu trobar la nena?

–Amagada dins un armari de la cuina –quasi rondinà l'Eva.

–I de què penseu que es podria estar amagant? –tornà a demanar en Joan Salvat.

–La nena no parava de plorar, així que no vam poder treure-li gaire cosa –reconegué l'Eva.

–Potser algú la va amagar per protegir-la –argumentà l'Adrià.

–Tal vegada la menuda va tenir por en trobar-se sola i es va voler tancar –intentà deduir el professor.

–O potser estava jugant a fet i amagar –intervingué l'Anwar, però se li va esborrar immediatament el somriure dels llavis perquè aquell no era un bon moment per a una de les seves brometes.

–Escolteu! –El professor havia trobat allò que buscava.– Estic imprimint les memòries de Dale O. Vuley, l'oficial que va trobar el *Mary Celeste* navegant sense rumb, que va ser el primer a pujar a bord. –I llegí:

«No hi ha ningú a coberta. Els bots estan sense abaixar. Dins el vaixell tampoc no hi ha ningú. La bodega té la seva càrrega intacta i hi ha queviures per a mesos. A la cabina del capità tot està al seu lloc: llibres, mapes, fins i tot unes arracades, un medalló d'or i una quantitat de diners. Consultat el quadern de bitàcola es comprova que les darreres anotacions estan datades el 24 i 25 de novembre de 1872. Es troba aigua a diversos indrets del vaixell, però no sembla que l'embarcació hagi patit cap tempesta. Com a prova que la nau no havia sofert ni un sotrac, s'ha trobat una màquina de cosir amb un potet d'oli a sobre que difícilment hauria suportat les sotragades d'un temporal. Es troben a faltar, però, elements imprescindibles com el sextant, el cronòmetre, la corredera i els llibres de navegació. A la proa, on dormia la tripulació, tot sembla estar al seu lloc: els llits dels mariners, les seves botes i sacs, fins i tot algunes pipes de fumar i la roba estesa en unes cordes. A la cuina, el més sorprenent, els fogons estan encara calents, i dins una cassola hi ha pollastre bullit. A sobre de la taula es compten fins a tres tasses de te. Es comprova que el líquid és encara tebi.»

CAPÍTOL 8

Que vénen! Que vénen! –En Darwin corria cap al bagul intentant ficar-s'hi a dins.

Van sentir passes que entraven a la bodega. Miraculosament, li va donar temps a tancar-se dins l'arca només uns segons abans que un dels mariners passés pel costat d'on estaven amagats. Amb suavitat, l'Amanda va tapar la boca de la Sofia, per si feia algun soroll.

Aquell mariner duia un quinqué que feia pudor com si fos d'oli o d'un combustible de flaire molt penetrant que deixava anar una fumera considerable.

–Aquí només hi ha alcohol –va dir queixós mentre il·luminava tots els racons.

Parlava amb un altre home que també havia baixat a la bodega de càrrega.

–Com és de gran el que estem cercant? –va preguntar en Tobias, el mariner més vell.

–Deu ser com una... no ho sé explicar. Un cartipàs. Alguna cosa per posar documents a dins –va dir en Greg.

–O potser està enrotllat dins alguna cosa –dictaminà una quarta veu que en Darwin no va saber identificar. Així que hi havia quatre homes!

Aquell mariner va girar cua i tornà a anar-se'n per on havia vingut. Potser tenia por o sabia que allò que feia no estava bé.

En Darwin va comprovar, obrint una mica la tapa del bagul, que tornaven a estar sols.

–Pol, recordes quants homes hi havia a la tripulació?

–Ho va dir el professor Salvat, eren sis –contestà l'Amanda ràpidament.

–Sis –continuà parlant en Darwin–. Jo n'he sentit tres de diferents, però potser n'hi ha més. I recordo dels noms. Es diuen Greg, Tobias i Byron.

Explicà a l'Amanda i en Pol que havia escoltat parlar els tres homes, que pel que semblava havien fet fora el capità, la seva dona, el primer oficial i alguns mariners més. Parlaven de trobar alguna cosa molt valuosa que aquell vaixell transportava. Un mapa?

–Però com és que no es van emportar la nena?

–Potser era massa perillós –explicà–. Els van deixar en un bot a alta mar.

–No acabem de passar les illes Açores?

–Si avui és dia 2 de desembre –digué mentre dirigia

els ulls cap a un calendari penjat a la paret on s'havien marcat els dies passats amb una X– les illes han quedat enrere uns vuit dies de navegació.

–Massa lluny per a una barca –es lamentà en Pol.

Cap d'ells gosava dir davant de la Sofia que, probablement, el destí definitiu de la petita embarcació on van deixar els seus pares era la mort, però tots ho pensaven.

–Avui és 2 de desembre de 1872. –I calculant l'hora que devia ser en aquell moment, prenent com a referència la que havia vist al rellotge de paret de la timonera, va continuar:– I ara són les sis de la tarda i... –dubtà– quinze minuts. Escolteu! –va dir entusiasmat en Pol–. He tingut una idea. Ara torno.

I sense deixar temps que els altres poguessin dir res, va prémer el botó PÀNIC i desaparegué amb un somriure als llavis. La llum de flaix provocà que tots tanquessin els ulls amb un acte reflex.

CAPÍTOL 9

L'Eva, l'Anwar i l'Adrià escoltaven atentament la descripció que el professor Salvat estava llegint i que va ser escrita pel primer oficial del vaixell que va trobar el *Mary Celeste* a la deriva.

Tots es van girar de sobte espantats per la llum de flaix que els anunciava que algú havia tornat. Assegut a la cadira hi havia en Pol, amb els ulls com si estigués veient pampallugues i una mica marejat.

–Hola –va dir amb veu mig nuada– hem de tornar ràpid.

Va demanar una mica d'aigua perquè tenia la gola seca i li costava respirar. Sortosament l'Eva portava una ampolleta a la seva motxilla. Després d'uns quants glops, en Pol intentà explicar-se:

–Alguns mariners s'han amotinat i han fet fora el capità, la dona i altres membres de la tripulació... –Va recuperar l'alè. Se sentia el cor desbocat, com si acabés de córrer de valent.– En Darwin ha pogut distingir fins a tres veus diferents, però potser n'hi ha més.

–O sigui que està ple de gent? –es queixà l'Anwar.

–Doncs Déu n'hi do! No esperàvem trobar ningú i, de moment, ja ho veus!

–Vejam –el va interrompre el professor–, no poden ser gaires més –digué mentre consultava una carpeta plena de papers–. Perdona, segueix, segueix...

–La nena és filla del capità i està molt espantada. No sembla que els amotinats sàpiguen que encara és al vaixell –sospirà–, però el més important és...

–Què? Què? –l'Eva no es va poder reprimir.

–Que estan buscant un tresor!

–Un tresor? –cridaren tots al mateix temps.

–No sé ben bé de què es tracta. Sembla ser un mapa o alguna cosa molt valuosa i intenten cercar-la. Van estar a punt d'agafar-nos quan estàvem amagats dins d'una caixa a la bodega i un d'ells va passar quasi per sobre nostre.

–I per què has tornat? –preguntà l'Anwar, que encara no havia entès molt bé la situació.

–He tingut una idea i necessito que m'ajudeu. Veniu!

Indubtablement, en Pol no esperava raonar ni fer entendre a ningú allò que passava pel seu cap. Es dirigí corrent cap a l'ascensor que els havia dut al segon soterrani i, en veure que el botó no responia, es va girar cap al professor Salvat i li va preguntar:

–Si us plau, em podeu acompanyar al taller d'audiovisuals?

Mentre pujaven, en Pol explicà als seus companys i al professor que, segons en Darwin, un dels mariners estava molt espantat amb tot el que havien fet.

Considerava que havien comès una errada en fer fora el capità i la seva família. Els altres li retreien que no havia estat prou valent com per matar-los allà mateix. De tota manera, la veritat era que el motí havia estat fet molt barroerament sense pensar-s'ho gaire. Més aviat, tot semblava un nyap.

En Pol, acostumat a les històries de bucaners i corsaris que li llegia el seu pare, reconeixia que sabria amotinar-se molt millor de com ho havien fet els mariners del *Mary Celeste*.

Quin bunyol d'amotinament!

No s'havien eliminat testimonis, ni esbrinat on s'amagava el tresor, no van controlar que efectivament tothom estigués fora de l'embarcació perquè no van comprovar que la nena estava amb els seus pares i, el pitjor de tot, la timonera era buida mentre escorcollaven la bodega, per tant, potser havien perdut la posició i ja no sabrien situar el vaixell amb exactitud. Però quina classe de mariners eren aquells? Quin desastre!

Quan l'ascensor va arribar al segon pis, en Pol va arrencar a córrer pel passadís fins arribar a una gran sala. Va encendre els llums i amb una rialla va exclamar:

–Nois, ara toca disfressar-se!

–Què? –exclamà l'Adrià.

–Recordeu que els de 4t d'ESO estan fent com a treball de final de trimestre aquell curt de cinema?

–Quin? El dels zombis?

–Exacte. Doncs vinga, agafem el maquillatge i la roba estripada.

–Espera! Espera! No entenc res –va queixar-se el professor–. M'expliques què pretens?

–Bé, la por no és més que el desconeixement, això m'ho deia el meu avi quan em despertava d'un malson –i continuà:– els gossos borden perquè senten un soroll i no saben què passa.

–I quina és la idea? –tornà a demanar l'Adrià, sorprès.

–Doncs imagina't uns mariners amotinats. No prou cruels ni assassins com per matar a sang freda. Sense gaire idea de què han de fer ni de com plantar cara a la greu situació que ells mateixos han creat. Almenys un d'ells no para de queixar-se i dir que han fet mal fet, que tot allò ha estat una equivocació, i fins i tot s'ha posat a remugar, plorant penedit.

–Crec que ja t'agafo –va riure l'Anwar–. Tu el que vols és espantar-los! Ha ha ha!

–Justa la fusta! Mireu... –digué agafant una camisa estripada i una barba postissa–, això potser ens anirà bé.

–Guaiteu, tinc un vestit que sembla antic –digué l'Eva mostrant-lo.

–Perfecte. Feu servir aquell maquillatge i els efectes de sang, cicatrius i tot allò. –En Pol se sorprenia a si mateix donant ordres i organitzant la caracterització.– Porta'm la caixa aquella de l'efecte de la fletxa travessant el coll, que és molt espectacular, vols? –L'Eva va assentir.

Els joves es van posar en marxa davant la mirada badoca del mestre que veia com, lluny d'espantar-se, la canalla estava cercant una solució per a un problema que feia tan sols unes hores no estava ni plantejat.

Quan van sortir de la sala d'audiovisuals, es podia dir que una bandada de zombis havia envaït l'escola. Feien por de debò.

L'Eva s'havia posat aquell vestit blanc amb blonda al pit. Estava brut com de fang i uns esquitxos vermells li cobrien la banda del cor. Per primer cop davant dels seus companys, s'havia desfet la llarga trena i s'havia embrollat els cabells. Ara apareixia tan grenyuda com una boja sortida d'una història de terror. El maquillatge de pintura blanca a la cara, els llavis morats i el roig del contorn dels ulls li conferien una mirada ullerosa poc més que esglaiadora.

–No ens oblidem les llanternes –quasi cridà l'Anwar.

–Agafem-les del despatx del conserge, que sempre en té.

–Ja les recullo jo –digué el professor mentre baixava les escales–. Espereu-me a l'ascensor.

Per disfressar l'Adrià, en Pol va recordar l'única fotografia que havien vist del capità Gibins. Tenia barba, però no bigoti i era més aviat prim. Abans d'enganxar-li el postís, va retallar curosament el tros que no volia. De sobte, l'Adrià semblava molt més vell. Havien trobat una americana negra que semblava tacada de cendra. S'havia posat al front una cicatriu d'aquelles que es veia la ferida oberta. Amb pintura vermella, va fer que regalimés per la cara, i amb una mica de groc, la va pintar per dins, com si estigués plena de pus.

–Ecs! És realment fastigós –deia l'Adrià mentre gesticulava veient-se al mirall.

Ara tots cinc baixaven altre cop al segon soterrani. L'ambient feia olor d'una mescla de plàstic, goma i pintures de tota mena. L'elevador tenia un mirall i quan, per primera vegada, l'Anwar va veure's reflectit no va poder reprimir una exclamació:

–ئجافم –va dir quasi mormolant. De tant en tant li sortien expressions en àrab. No el sabia escriure, però alguna frase se li escapava.

Ara l'Anwar al·lucinava amb la feina que l'Eva li havia fet. Aquell tall del coll semblava de veritat, fins i tot tenia crostetes. En comptes de la fletxa, havien esberlat la fusta i semblava clavada al mig de la tràquea.

Mai no s'havia vist amb la cara tan blanca i estava molt encuriosit amb els adhesius que duia a sobre de les dents perquè semblessin corcades i podrides. No parava de mirar-se-les. Li havien posat, també, una mica de pintura grisa entorn dels ulls per fer-los molt més grans del que en realitat eren. Vestit amb un jersei blau fosc de coll rodó, portava un casquet de llana i, enganxades, unes patilles postisses.

El professor li havia escampat cabells a la cara fixats amb pega que semblaven una barba de tres dies. Com un mariner de debò. Llàstima que la seva mare no el pogués veure. A casa seva no els agradava el carnestoltes i mai no havia pogut participar a la rua de l'escola. Ell, que no era gaire religiós, no entenia que els pares consideressin allò de disfressar-se poc més que un sacrilegi.

Lentament, les portes es van obrir i en Pol ja estava disposat a tornar a viatjar en el temps quan les paraules del professor el van glaçar com si li haguessin tirat a sobre una galleda d'aigua freda.

–Hem d'esperar... –es lamentà el professor.

–Esperar? –digué en Pol mirant els altres companys que posaven cara de circumstàncies. Se li va ensorrar el món–. A què hem d'esperar? Potser estan en perill...

–Les bateries... –va començar a explicar–. No podeu tornar a viatjar fins que...

–Professor –intentà replicar l'Adrià–, no ens podem quedar aquí quiets. Quin problema hi ha si ens envia sense que les bateries estiguin del tot carregades?

–Doncs que... no ho sé... que no podem assegurar que el destí sigui el correcte.

–Espereu, espereu... si això és una màquina del temps, ens pot enviar a un moment precís en el passat? –preguntà l'Eva–. Vull dir, doncs, que podem anar just al mateix moment que hem sortit. No sé si m'explico... és a dir... anar abans que tot hagués començat i així avisar el capità sobre el motí i...

–Para el carro! No, Eva, no és tan fàcil. Si tots sis haguéssiu tornat al present sí que us podria enviar a un altre punt determinat.

Els tres nois i la noia el miraven amb inquietud. El mestre prosseguí:

–Com que dos de vosaltres encara esteu allà, el temps passa a la mateixa velocitat per a ells que per a nosaltres. És a dir, no podeu tornar ni abans ni després, sinó exactament quan faci els mateixos minuts exactes que heu sortit d'aquí.

–No ho entenc –es queixà l'Adrià posant cara de babau.

–Jo tampoc –objectà l'Anwar.

–Tranquil·litat nois –sospirà amb un bufec–. Vosaltres heu baixat al segon soterrani al voltant de les cinc de la tarda –consultant el seu rellotge– i ara són dos quarts de set. Doncs per a ells també ha transcorregut una hora i mitja. Vosaltres no podeu tornar abans, ni després, sinó a la mateixa hora que ells. Ho teniu clar?

–Dèiem, professor, que sense les bateries carregades del tot no podem assegurar que el destí sigui el correcte. Què vol dir? –qüestionà en Pol.

–I si el destí no és correcte... –repetí les paraules del mestre– quèèèè pooooot passaaaaar? –preguntà l'Adrià arrossegant les paraules cansat dels constants impediments que interposava el professor Salvat.

–No vull ni imaginar-m'ho. Podeu caure en un forat del temps i aparèixer vés a saber on.

–Doncs aleshores premem el botó de PÀNIC i tornem aquí, no? –va assegurar l'Anwar.

–No cal dir... bé... la resposta és... afirmativa. –El professor esbufegà de nou. Massa decisions importants en tan poc temps. Els fets el depassaven.– No podreu estar-hi gaire estona si les piles no estan carregades al 100%.

–No es preocupi per això professor –assegurà en Pol–, amb cinc minuts en tindrem prou però hem de sortir ara!

CAPÍTOL 10

Tinc gana –ploriquejava la Sofia.

–Ostres, jo també –digué en Darwin–. Crec que vaig a la cuina a veure què puc agafar.

–Em fa por que hi vagis tot sol –digué l'Amanda–. T'hi acompanyaré!

Els dos van obrir la tapa del bagul i, en sortir, digueren a la nena que no fes cap soroll, que anaven a buscar menjar.

En Darwin avançava el primer, caminant amb cautela. Uns quants passos enrere, l'Amanda el seguia sense deixar de mirar per tot arreu com si fos un radar. Ell obrí la porta que donava al passadís. No semblava que hi hagués ningú. Avançà amb molt de compte i de reüll va comprovar que la noia el seguia a una distància prudent. Començà a pujar les escales que duien a la cuina i a la timonera. De sobte, es va aturar. Els mariners eren allà, xerrant.

–No et preocupis més, Greg. Si més no, segur que traurem un bon grapat de diners per aquest vaixell –digué en Tobias.

–Ja ho sé, però no el podrem vendre a qualsevol. S'haurà de desballestar i si la companyia asseguradora se n'assabenta ens posaran en recerca i captura. Jo el que vull és trobar el maleït mapa. Amb això sí que traurem dinerons. Segur que hem buscat per tot arreu? Trevorn? Byron?

–Ja no sé on més mirar, Greg.

–Jo també he estat regirant-ho tot.

En Darwin havia sentit un total de quatre veus diferents. Ara intentava fer memòria. El capità i la seva família eren tres. La tripulació eren cinc i el segon oficial. Això feia un total de nou persones a bord. Així doncs, els amotinats eren només quatre i, pel que semblava, estaven decidint ara el següent pas a fer.

–S'està fent fosc. Tobias, vine amb mi i donarem un altre cop d'ull a les cabines. Trevorn, vés a coberta, i tu, Byron, ploramiques –digué amb menyspreu– torna a mirar a la bodega. –I, sense dir res més, s'aixecà, es dirigí cap a on eren en Darwin i, pocs passos més enrere, l'Amanda.

En Darwin va tenir la brillant idea d'amagar-se sota l'escala que anava des del pis superior, on hi havia la cuina i la timonera, fins al pis inferior, on hi havia les cabines. Des del seu amagatall, va fer senyals a la seva amiga perquè fugís.

Instants després va veure els peus dels tres homes que havien baixat al pis inferior de la nau. Portaven sabates prou velles i descuidades i només un d'ells duia botes de pell volta, amb els pantalons per dins.

Van tornar a entrar a les cabines i en Byron, el més jove, caminava amb pas cansat cap a la porta que donava accés a la bodega del vaixell. Ara en Darwin estava atrapat allà sota, ja que qualsevol moviment seria vist per algun dels tres homes que tenia a prop seu. Es resignà a estar quiet amb desesperació i temor continguts.

L'Amanda, que sortosament estava molt atenta, arrencà a córrer cap a la bodega i va ficar-se altre cop al bagul. Allà va trobar la nena endormiscada. Es va arrupir amb ella intentant donar-li escalfor. Escoltà com s'obria la porta i com entrava algú. De nou, la forta olor de la llàntia d'oli es començava a escampar.

Un pensament la va colpejar. I si miraven allà dintre? Va tenir por. En realitat, era lògic que si estaven buscant alguna cosa perduda miressin per tot arreu i era probable que, qui fos, hagués pogut amagar aquella cosa valuosa dins de la caixa de les cordes i els estris de navegació. Va pensar ràpidament com podia sortir-se'n. Escoltava les petjades cada cop més properes. La nena dormia als seus braços. Intentà enfonsar-se entre les cordes mentre les posava per damunt seu i de la petita. Les passes eren més a prop. La pudor de la llanterna era a tocar.

Va escoltar com una mà agafava l'argolla que servia per obrir la tapa del bagul on estaven. La llum del fanal entrava per les escletxes d'aquella arca on s'intentaven amagar. La tapa va començar a aixecar-se molt lentament amb un grinyol que a l'Amanda li va semblar el més esgarrifós del món. Va tancar els ulls i va intentar protegir, amb el seu cos, la nena.

D'improvís, la tapa va caure de cop. A l'home que anava a descobrir l'amagatall de les dues nenes se li va glaçar la sang. Davant seu, una figura fantasmagòrica passava el seu dit índex pel coll dient:

–Venjança, Venjança!

–No! No! –xisclà–. Jo no volia... –El jove anà cap enrere i, cridant com un esperitat, començà a córrer sense saber cap a on, ensopegant per tot arreu fins que va arribar al passadís de les cabines.

En Darwin va veure com en Byron entrava esbojarradament cercant els altres dos homes que eren a la cabina del capità.

–Ajudeu-me! Ajudeu-me! Em volen matar!

–Què... què et passa, noi? –rigué en Greg–. Ni que haguessis vist un fantasma.

En Byron estava blanc i respirava a batzegades. Tenia els ulls oberts desmesuradament i s'havia quedat sense paraules.

–Què tens? –En Tobias l'agafà de l'espatlla.

En veure que el noi no reaccionava, el vell li clavà una bufetada que va girar-li la cara.

En Darwin també estava espantat.

–És ell... L'he vist... –el noi sanglotejava–. He vist... –a aquell jove se li trencava l'alè–. És ell... He vist el capità Bergsman...

–Sí, home, i què més? –en Greg el sacsejava endebades.

–Et dic que sí. T'ho juro! –i va esclatar a plorar fent sanglots.

–Ja et deia, Tobias –es lamentà en Greg–, que no podíem comptar amb aquest parell d'inútils. Tant ell com el seu germà Trevorn són uns cagacalces!

–Puja a la cuina i pren una mica d'aigua, xicot –digué en Tobias, que intentava entendre el mal moment que tot aquell enrenou estava fent passar al pobre mariner–. En aquest moment, m'agradaria tenir alguna cosa millor per beure, però com que el capità Gibins era tan estricte... només admetia l'alcohol com a càrrega... ni una gota de licor. Ja veuries, noi, com se't passarien les pors ben ràpid!

Quan pujà, trobà el seu germà Trevorn assegut en una cadira, qui veient-li els ulls plorosos li preguntà, agafant-lo de les mans:

–Què et passa, Byron?

–No pot ser... No pot ser... –repetia tot movent el cap.

–Però, què tens? –el seguia batzegant.

–L'he vist... He vist el capità –i sanglotà–. Era ell, i em deia que em volia matar fent així amb el dit per davant del coll. I em deia:– Venjança, venjança...

–Deus estar tenint al·lucinacions, home. Saps tan bé com jo que a hores d'ara deuen ser molt lluny d'aquí. I encara gràcies que li vas donar la brúixola i les cartes de navegació, probablement arribaran a Santa Maria en uns quants dies, o potser han girat al sud i poden trobar les illes Madeira. No pateixis home, dintre del mal, tu et vas portar molt bé amb ells.

–No diguis això, Trevorn. Vaig ser un covard per posar-me del costat d'en Greg i en Tobias. Són uns cobdiciosos. El capità ens ha tractat prou bé durant la travessa... i jo li he estat deslleial.

–Digues, més aviat, nosaltres el vam trair, Byron. Però ell tampoc ens va dir la veritat sobre aquest viatge. Recorda el que tu i jo vam escoltar. No volia tornar als Estats Units. Què hauria estat de nosaltres, doncs?

–És igual, Trevorn. Cada cop que penso en la mirada de la Sarah, la dona del capità, mentre portava la seva filleta adormida als braços, se'm trenca el cor.

–Ara no és moment d'estirar-te dels cabells. Aviat arribarem a la costa, vendrem aquest vaixell i desapareixerem.

–No me'n refio d'en Greg i encara menys d'en Tobias. Merda! No sé què faig aquí. Més m'hauria estimat anar amb la barca, com van fer els altres...

–Qui et diu que quan venguem el vaixell ens donaran la nostra part aquest parell?

–Si no ho fan, ho xerrarem tot. Podríem denunciar-los.

–No podem perquè també hi estem implicats.

–Aleshores els pelarem!

–...

Els dos germans seguiren amb la discussió. Era clar que cap d'ells estava convençut que amotinar-se hagués estat una bona idea.

En Darwin, gràcies a haver escoltat la conversa, es va poder fer una idea de com havia anat la cosa. Segurament la dona del capità, la Sarah, no portava en realitat la seva filla embolicada en una manta. D'alguna manera el capità havia aconseguit deixar la nena a bord en comptes d'embarcar-la en un viatge que tenia moltes probabilitats d'acabar malament.

Entretant, l'Amanda no tenia ni idea del que havia passat. Només va escoltar els xiscles d'aquell mariner i una corredissa amb cops i sotracs. Quan va considerar segur aixecar la tapa i mirar, tot era fosc. Quasi no entrava llum per l'escotilla del mig de la bodega. Allà no hi havia ningú.

Valorà què seria més perillós, si quedar-se on eren o sortir i cercar un altre cau. La nena dormia ara profundament. Era clar que amb ella se sentia segura.

L'Amanda també va tancar els ulls. Tant de moviment li passava factura i se sentia esgotada. No va trigar gaire a adormir-se.

CAPÍTOL 11

Què has vist, Adrià?

–Tot ha estat molt ràpid. Quan he arribat, ja era quasi fosc. Jo era dins la bodega i he vist com entrava un home jove amb un llum d'oli. Anava mirant per aquí i per allà. He vist que volia aixecar la tapa de la caixa on m'havíeu dit que s'amagaven tots. Aleshores, he dit amb una veu molt greu «Venjança! Venjança!» mentre m'il·luminava amb la llanterna.

–S'ha espantat?

–Ja ho crec. Em sembla que no he vist una cara de pànic com aquella en tota la meva vida –rigué–. S'ha quedat glaçat com el marbre.

–Vejam, Adrià –digué el professor mentre consultava l'ordinador–. Has estat allà dos minuts i vint segons. Recordeu que no podeu passar dels... diem... màxim tres minuts, d'acord?

–Falta poc perquè una altra bateria arribi al 50%. Qui serà el següent a marxar?

–Jo mateixa –digué l'Eva arronsant les celles. Encara estava enfurismada, però va arribar a la conclusió que la millor manera d'empassar-se la ràbia era actuar. Per això volia sortir d'una vegada.

–D'acord. Ho programaré. Dia 2 de desembre de 1872, coordinades precises... això mateix... tres quarts i cinc de set de la tarda. Anem a dir-ho com s'ha de dir nois. Científicament parlant seran les 18 hores i 50 minuts. I, sobretot, no us n'oblideu. No poden ser conscients que sou viatgers en el temps. Ningú no ha d'interaccionar amb vosaltres ni heu de deixar cap rastre ni tocar ningú.

L'Eva va tornar a mirar amb enuig aquell mestre, sobretot especialista a fer cofisimofis, a embolicar la troca. Quina necessitat tenia ella de ser allà? Ara pensava que tranquil·la que estaria a casa, dins una banyera plena d'aigua calenta i escoltant la seva música preferida.

Però és que, a més a més d'haver-los dut fins a aquell problema, i en comptes d'afanyar-se, l'home anava explicant que era més correcte dir les 18 hores que les 6 de la tarda. «Au! Vés-te'n a pastar fang!», es reprimí el comentari. No li va caldre dir res perquè els seus ulls llançaven espurnes quan el professor va posar en funcionament altre cop la màquina.

CAPÍTOL 12

Ara és massa fosc per trobar res –protestava en Tobias quan sortia de la cabina del capità–. Ja us deia jo que havíem d'haver estat més agosarats –rematà engegant l'una darrere de l'altra, sense deixar de remugar–. Si l'haguéssim obligat a dir on el tenia amagat, ara no ens trobaríem així! No podem...

–Calla d'una vegada, vell, i anem a dormir –digué en Greg amb veu disgustada–. Jo faré la primera guàrdia. D'aquí a tres hores et despertaré, Byron.

A fora ja era negra nit quan en Greg es va fer càrrec del timó. El mapa que tenia darrere seu i on anava marcant la ruta que seguia el vaixell indicava un punt ja no gaire llunyà de la costa portuguesa, el destí final d'aquella nau robada.

Quan en Darwin va comprovar que tres dels quatre amotinats havien anat a dormir, i que l'únic que quedava despert era en Greg, va sortir de sota l'escala i intentà arribar fins a la bodega. A cada pas, la fusta sota els seus peus cruixia. En aquell moment, li hauria agradat ser molt més prim. Tot i anar de puntetes, la fusta del vaixell es queixava cada vegada que es movia. S'estava posant nerviós i el curt trajecte des d'on s'havia amagat fins al final del passadís, a la porta que comunicava amb la bodega, se li estava fent etern. Intentava allargar les passes resignat que totes i cadascuna farien soroll. S'estirava al màxim per fer les camades el més llarg possible i mica en mica va aconseguir sortir.

En arribar al bagul, l'Amanda i la Sofia dormien tranquil·lament. No era molt tard. O sí? Va mirar instintivament el seu rellotge de polsera, però no hi era. Per la foscor que feia fora, ja devia ser nit.

–Som al mes de desembre –va pensar–, es fa fosc aviat.

Allà era en Darwin, amb una mà aixecant la tapa de l'arca, quan va tenir un esglai de mort.

–Ah! –el noi xisclà–. Quin ensurt! Va anar de poc que no s'enganxà la mà amb la tapa que acabava de deixar caure.

Aquella figura espectral va aturar el cop que, de ben segur, hauria despertat les nenes, i li digué:

–Tranquil, Darwin, sóc jo... l' Eva.

–Eva? Però...

–No tenim temps. On són tots?

–Tothom dorm menys un, que es diu Greg. És el que mana. Ara és a la timonera –digué assenyalant amb el dit el camí.

Encara bocabadat i amb palpitacions, en Darwin va seguir amb la mirada aquella noia vestida de blanc, maquillada com si fos una aparició. Feia por de debò. L'Eva avançava amb pas decidit cap a dins. Pujà les escales a poc a poc. Just abans d'entrar, comprovà, traient el cap ràpidament, que hi havia un home davant del timó. L'única llum que tenia l'estança eren dues espelmes a cada banda de la taula, on hi havia uns papers desordenats.

Es va acomodar la llanterna a la panxa mirant amunt. Estava preparada per encendre-la orientant la llum cap a la seva cara. Es posà ajupida.

–Representa que sóc una nena de pocs anys –va pensar mentre ho feia.

Amb la foscor del vaixell, la llum de la llanterna seria molt forta, així que la va intentar esmorteir posant-la entre la roba.

Va fer uns quants passos enrere amagant-se a l'escala que donava al passadís. Aleshores, va començar a murmurar, intentant fer veu de nena petita, com si d'una cançó es tractés.

–Avui morireu tooooootssss –digué primer amb un fil de veu. El brunzit augmentava de volum–. Aquest vaixell està maleïïïïïïït.

De primer, en Greg no en va fer molt de cas. Devia estar endormiscat. Va ser després d'uns segons quan va escoltar la veu amb claredat i va mirar per sobre de la seva espatlla. Va deixar el timó, agafà una espelma i va anar cap a la cuina. Veia un resplendor tremolós a l'escala que duia a les cabines. I aquella veu que cantava.

–Greg, tu ets el culpaaaaable –seguí cantant l'Eva amb la veu més aguda que podia sortir de la seva gola.

Aleshores, el mariner la va veure. Era la filla del capità.

Estava bruta, plena de sang i tenia els ulls injectats de ràbia. Li deia que havia tornat de la mort per venjar-se. I que ell seria el primer de la llista.

L'espelma li va caure a terra. L'home reculà fins a topar amb la taula de la cuina. Va ensopegar i va anar de corcoll a terra. Quan tornà a mirar cap a l'escala, la nena i la llum que la il·luminava havien desaparegut.

Allà assegut, a terra, en Greg va reaccionar de seguida. Agafar un llum d'oli i baixar escales avall va ser tot una. Va entrar a les cabines i va despertar tothom entre crits. No podia ser. Ell no creia en fantasmes i no es deixaria espantar fàcilment.

Ara era dret, il·luminant els altres mariners que, amb cara espantada, el miraven com si no s'acabessin de creure el que estava succeint.

Només en Byron, el més jove de la tripulació, feia cara de no quedar-li sang a les butxaques, i repetia en veu baixa sense importar-li si algú l'escoltava o no:

–Morirem tots... Morirem tots... Morirem tots.

CAPÍTOL 13

L'Anwar estava a punt de sortir. Duia el jersei tacat i fet miques, com si d'un estrip del costat esquerre li hagués sortit tot de sang que ara estava seca i d'un color granat. També portava el que semblava una barba de tres dies que el professor li havia col·locat a les galtes amb goma d'enganxar. Aparentava haver envellit un bon grapat d'anys. I, sobretot, les patilles tan llargues el feien semblar allò que hom deia «un tipus dur». Però, el millor era la pròtesi d'una gran cicatriu que li travessava el coll. Era el seu moment. Estava nerviós, però a la vegada ansiós per entrar en acció. No podia deixar de pensar en els seus amics. Ara el necessitaven.

Quan el professor va iniciar el compte enrere tensà tot el cos i tancà els ulls:

–Tres... dos... un... sortida!

De cop i volta, sentí un fred sobtat. I també humitat... Humitat? Estava moll!

Obrí els ulls just a temps de veure com el seu cos se submergia. Era dins de l'aigua! I estava freda... molt freda.

Intentà surar fins a la superfície i treure el cap de l'aigua. Girà en totes direccions, però no va trobar el vaixell. Estava sol. Sense pensar-s'ho més, el seu dit anà directament cap al botó de PÀNIC.

L'Anwar va aparèixer un altre cop a la cadira del segon soterrani d'on havia sortit, completament xop.

–Però què t'ha passat? –li preguntà en Pol.

–No m'heu enviat al *Mary Celeste*!

–Ja us deia que si les bateries no estaven carregades al 100% era possible una errada en la posició –lamentà el professor Salvat.

–Es pot esmenar?

–No amb aquest equip. Potser el d'en Pol ja està una mica més carregat.

–L'agafaré –digué sense dubtar l'Anwar.

Li van instal·lar els accessoris guants. No hi havia temps de disfressar en Pol, ni d'eixugar la roba de l'Anwar.

Només li calia arribar, ara sí, al vaixell.

Aquest cop el salt sí que va tenir èxit. Va aparèixer a la coberta. Feia un vent considerable que augmentava la sensació de fred que sentia l'Anwar, que encara anava moll. Agafà la llanterna i es dirigí com va poder a la timonera. No sabia que, mentrestant, la tripulació estava discutint a la cuina.

–Us he dit que l'he vista... Era la nena! –digué en Greg amb un sospir, cansat d'intentar convèncer els altres.

–Però jo vaig veure la mare com la duia embolicada en una manta –assegurà en Trevorn.

–Doncs potser no era ella –en Greg es posà a la defensiva–. Jo què sé!

–El capità també és al vaixell, i ell sí que va marxar... –En Byron estava pàl·lid.– Morirem tots. Ho sabeu, oi?

–Prou! –cridà en Tobias, intentant posar una mica de seny.

–Regirem-ho tot! Segur que hi ha una explicació –digué en Trevorn constatant que el seu germà tenia la mirada absent, com perduda.

–Què mires, Byron?

–Veig la mort que ve cap a nosaltres, i amb el dit assenyalà, en direcció a la coberta, la figura ranquejant que avançava cap a ells.

Per sort, l'Anwar va veure de seguida la llum de les espelmes dins la timonera.

Encengué la llanterna que portava amagada als pantalons. El feix de llum li il·luminava la cara des de baix, tal com en Pol els havia recomanat.

Avançava arrossegant un peu primer i l'altre després sense ni aixecar-lo del terra. S'havia fixat que ho feien els zombis a les pel·lícules, com si caminar els suposés un esforç inhumà.

Anava amb la roba molla, la cicatriu al coll, avançant d'aquella manera i acostant-se cap als quatre homes. Obrí la boca deixant veure les seves dents corcades i negres.

Tragué la llengua com si digués alguna cosa i mantingué la mirada fixa cap a ells, assenyalant-los.

Fins i tot, des d'on estava, va sentir els crits dels amotinats mentre reculaven cap a l'interior del vaixell.

L'únic que es va quedar al costat de la finestra va ser en Tobias, el vell. Al llarg de la seva vida havia escoltat mil i una històries de fantasmes i d'aparicions, però era la primera vegada que en veia un amb els seus propis ulls. Tenia la sang gelada i sentia la gola seca. Però un rampell d'atreviment el va envair.

Aquella aparició s'anava acostant.

Estava pujant les escaletes que duien a la timonera. En Tobias no s'ho va pensar dues vegades, tenia massa anys per creure en aquestes coses. Fos el que fos, no podria amb un Winchester. Agafà el fusell que el capità amagava dins un armari al costat dels mapes i va obrir la porta de cop. Va veure l'Anwar com avançava cap a ell. Es disposà a apuntar-lo amb l'arma i aleshores, enfront seu, l'espectre va desaparèixer davant dels seus propis ulls. Això ja va ser massa per a ell.

No va poder reprimir un crit ofegat.

El vell anà cap a la coberta i començà a fer baixar un bot cap a l'aigua. Darrere seu, els tres mariners l'ajudaren a cuita-corrents. En un acte de seny del darrer moment, en Trevorn va agafar un bidó amb aigua, un parell de mapes i una brúixola. Els quatre homes van remar esverats fins a allunyar-se del vaixell pel costat de babord.

CAPÍTOL 14

En Darwin, des del seu amagatall, sota l'escala, estava segur i escoltà tot el que havia passat a dalt. Imaginà que aquella actuació devia ser d'algun altre company. Quina bona idea!

Finalment, quan va poder comprovar que els mariners fugien i que, definitivament havien abandonat el vaixell, anà a buscar l'Amanda i la Sofia.

Tots tres soparen tranquil·lament rient-se de la situació. Abans, però, van encendre el foc de la cuina, perquè era el mes de desembre i, a més de fosc, ara feia molt fred. El carbó es va encendre amb facilitat i aviat l'estança va estar prou calenta.

Entretant, els altres quatre amics esperaven ansiosos que alguna de les bateries es carregués. Se sentien impotents davant els interrogants que encara no tenien resposta.

–Què haurà passat? Haurem de tornar més cops?

–Els hauran descobert?

–Estaran bé?

–Tots estem bé. –L'aparició sobtada d'en Darwin va tranquil·litzar l'ambient.– Els dolents se n'han anat. L'Amanda i la nena estan bé.

–Darwin! –Tots a una van córrer a abraçar-lo. Tenia un somriure d'orella a orella.

–Quina bona pensada heu tingut nois –digué felicitant-los–. Els dolents han fotut el camp del *Mary Celeste* cames ajudeu-me.

–Sí –protestà l'Anwar–, però a mi m'han apuntat amb un rifle.

–Sort que has estat ràpid de reflexos per sortir-te'n –rigué el professor.

–I ara, què farem? –preguntà l'Eva, que com sempre anava una passa endavant dels seus companys.

–Doncs caldrà trobar els pares de la nena o almenys portar-la a un lloc més segur que un vaixell.

–Segur que no pot venir al futur amb nosaltres? –preguntà en Pol dirigint-se al mestre.

–Mai de la vida –assegurà el professor–. Penseu que això seria malmetre una de les lleis bàsiques dels viatges temporals: «No tocar res». I si aquesta nena resulta que havia de ser mare, i després àvia? Què passaria amb la seva descendència si la portem al futur? No, l'única solució sempre passa per deixar-la a la seva època.

–Però, i si no trobem els seus pares? –l'Adrià formulà la pregunta que tothom pensava, però que ningú no gosava dir en veu alta.

–El que hem de fer és tornar, perquè ara estan soles i encara pot passar qualsevol cosa –digué en Darwin amb fermesa.

–Doncs no podem encara –explicà el professor mentre mirava el seu rellotge–. Calculo que en un parell d'hores tindrem la primera bateria carregada al 25%, suficient per un salt, si no ens torna a fer la guitza com ha passat amb l'Anwar.

–Què li ha passat? –preguntà encuriosit en Darwin.

–Doncs que si no estan carregades en la seva totalitat, alguna de les variables pot fallar –assegurà el professor.

–I...? –seguí inquirint en Darwin.

–Doncs que el pobre Anwar ha anat a les coordenades precises, però en un altre any i, és clar, ha anat a parar en un punt de l'Oceà Atlàntic que en aquell moment no estava ocupat per cap vaixell... –I esclafà a riure. Semblava que això li havia fet molta gràcia, davant la mirada empipada de l'Eva que tractava de pentinar-se i que no li veia la gràcia per cap costat.– I ha caigut a l'aigua.

En Pol va creuar els braços tot dient:

–Així que ara toca esperar.

CAPÍTOL 15

L'Amanda i la Sofia ja havien sopat. Les brases del fornet de la cuina encara proporcionaven una escalforeta prou confortable.

De la cabina del capità, la nena en va treure un llibre d'històries de viatges. Per primera vegada en totes aquelles hores, la Sofia tenia un aspecte saludable, amb les galtones rosades. Havia menjat prou i semblava contenta, tenint en compte tot el que havia passat. Un cop sec va treure l'Amanda de la lectura. Les dues es van mirar amb una mescla de curiositat i por. Haurien tornat els mariners amotinats?

El soroll metàl·lic xocant contra la fusta es va repetir. Havia estat a babord. Quan l'Amanda es va aixecar i va mirar per l'escotilla va veure en la foscor un altre vaixell que es col·locava en paral·lel amb el *Mary Celeste*.

L'altra nau, la *Dei Gratia*, segons va poder llegir a les lletres pintades a la proa, havia llançat uns garfis i el balanceig indicava que s'acostava. L'abordatge era imminent.

S'escoltava una veu que semblava donar ordres. De cop i volta, sentiren una veu femenina que cridava des de l'altra embarcació.

–Sofia! Sofia! –i esclatava a plorar entre grans gemecs.

L'Amanda no sabia què havia de fer. Calia tornar a amagar-se? No seria millor esperar a veure qui venia del vaixell? Però no va tenir temps. En escoltar la veu de la mare, la nena va arrencar a córrer.

Des del *Dei Gratia* lliscaren una passarel·la de fusta. Els primers a travessar foren quatre homes armats que es dirigiren cap a diferents punts del vaixell.

Després, en rebre el senyal que tot estava en ordre, el capità Gibins i la seva dona van córrer a cercar la seva filla que donava bots d'alegria. Tots tres es van abraçar plorant de felicitat. Finalment, un grup de mariners també va pujar al *Mary Celeste*.

–Recolliu les vostres coses i marxem! –ordenà el capità.

L'Amanda dubtava què fer. Quan va veure avançar cap a la timonera aquell home armat amb una escopeta, s'amagà.

Va pensar ràpidament on podia amagar-se per parar l'orella i escoltar què deien, i ràpidament va trobar que l'amagatall que en Darwin havia fet servir era el més escaient. A sota de l'escala que anava des de la cuina al passadís de les cabines. Malgrat no podia veure gaire cosa, sí podia escoltar perfectament.

Recordava les paraules del professor: «sobretot ningú del passat no pot saber de la vostra existència».

Inconscientment, i amb la sensació d'haver enllestit la feina, va posar el dit al botó de PÀNIC disposada a tornar a casa. Però un fugaç pensament li va passar pel cap i reprimí el moviment instantàniament. Volia conèixer el final de tot plegat.

Encara hi havia massa preguntes sense resposta i sabia perfectament que si premia aquell botó i tornava al col·legi, mai no podria desentrellar el misteri.

I a ella no li agradaven les coses a mitges. «O blanc o negre» era una de les seves frases preferides. I quan algú li deia que potser sempre hi havia un terme mig, ella tenia una resposta preparada: «Mira, no es pot estar lleugerament embarassada, o sí o no».

Va escoltar com el capità i la seva família entraven a la timonera, per tornar a agafar el comandament de la nau, va suposar l'Amanda, que asseguda a terra escoltava amb atenció.

–Sarah, amor meu, quina alegria. Finalment, podrem iniciar una nova vida junts. Estava tan preocupat per la petita Sofia! Ara tot anirà bé.

–Ja et vaig dir que això de contractar una nova tripulació just abans de sortir de Nova York em donava un mal pressentiment, Berg.

–Però jo tenia referències d'en Greg, i els dos germans alemanys em van semblar gent de confiança. Tens raó, va ser una temeritat. També m'has d'entendre, Sarah. No volia gent que em conegués gaire, després del que havíem de fer... i que finalment farem.

–Per un moment havia perdut tota esperança –va sospirar.

–Tens raó, Sarah. Jo ja em veia acabant els meus dies al mig del mar.

–Va ser una sort que ens descobrís el *Dei Gratia*.

–Ja ho pots ben dir. Ha estat quasi un miracle –digué el capità–. A més, tenia l'angoixa d'haver abandonat aquí la Sofia. En aquell moment, em va semblar molt més sensat que arriscar-la a un viatge potser sense retorn.

Després vaig lamentar-me perquè no es quedava sola. No feia més que pensar «i si la trobaven aquells rucs?». –Abraçà la seva dona.– No ha estat així.

–Encara no em puc creure la sort que hem tingut –digué delint-se. A la Sarah se li va eixamplar el cor en comprovar que la seva filleta estava bé.

–Ja ho crec. –I agafà amb força les mans de la seva

dona i la seva filla que estava recollint del terra el seu llibre de contes.

–Així, Berg, ha quedat tot clar amb el capità del *Dei Gratia*? –preguntà Sarah–. Ens en podem refiar?

–Completament. Ara ens duran a Porto on nosaltres tres desembarcarem.

Mentrestant, aquest vaixell, aquest *Mary Celeste*, quedarà ancorat aquí durant una setmana. Temps suficient perquè el *Dei Gratia* ens porti a Portugal i després arribi a Gibraltar amb la notícia de l'aparició del nostre vaixell completament carregat, sense tripulació i a la deriva –afirmà el capità.

–Ell també hi té molt a guanyar, oi?

–Per això hi podem confiar, dona. Figura't –detallà–, la Llei del Mar diu que aquell qui localitzi un vaixell a la deriva i el porti sa i estalvi a port serà recompensat amb la meitat del valor de la càrrega i també amb una important quantitat de diners per part de la companyia d'assegurances. Un negoci rodó per a ell, que guanya sense arriscar, i per a nosaltres, amor meu, que podrem iniciar una nova vida a Europa, lluny de deutes, amb una altra identitat –assegurà com si anés cua dreta.

–I no hi ha perill que els mariners amotinats expliquin el que ha passat? –preguntà preocupada la dona del capità.

–No t'amoïnis. No sé per quina estranya raó no els hem trobat a bord del vaixell. M'esperava que demanarien fins i tot un rescat per la nostra filla. Ja havia avisat el capità del *Dei Gratia* que potser hauria d'entrar en combat. Però, inexplicablement, no hi són, com tampoc un altre dels bots. Potser xerraran quan arribin a terra.

–No sabem si arribaran des d'aquí a les Açores o no, però el que és segur és que no aniran explicant què han fet. Amotinar-se és un delicte molt greu i t'asseguro que és millor per a ells mateixos fer-se passar per altres persones i oblidar tot el que ha passat aquí.

–Oh, Berg, sóc tan feliç!

L'Amanda s'imaginà com si fos el final d'una pel·lícula d'amor, on els protagonistes acaben l'escena amb un tendre petó.

El capità Bergsman J. Gibins baixà les escales en direcció cap a la seva cabina. Es va aturar. Duia un martell a la mà.

L'Amanda pensava que l'havia descoberta perquè es va quedar mirant fixament cap a l'escala. Instintivament, la noia es va cobrir amb unes xarxes que tenia allà a prop.

Quan s'esperava el pitjor, escoltà com aquell home colpejava amb destresa un dels barrots de la barana, que va sortir amb facilitat. Estava buit per dins, i allà s'hi amagava un tub de cartró.

L'Amanda intentava mirar per entre els esglaons, però tenia la visió molt reduïda.

–Així que el tenia amagat a l'escala! –pensà l'Amanda–. I què deu ser?

No va caldre preguntar-s'ho més. Allà, assegut al seu costat, va aparèixer en Darwin, que ràpidament li tapà la boca mirant de no espantar-la.

–És un portolà del segle XV. Aquest mapa val una fortuna. Va ser robat d'un museu de Philadelphia dos mesos abans del viatge i, amb els diners que en tregui, el capità podrà comprar un vaixell i dedicar-se al que millor sap fer, comandar una nau, però ara pel Mar Mediterrani, i amb una altra identitat, és clar.

Tots dos es van abraçar. L'Amanda tenia la sensació del deure ben fet. Estava orgullosa de si mateixa. Quasi sense voler, sense tenir cap intenció, havien resolt un dels enigmes més grans de la història de la navegació.

–Com ha anat avui a l'escola, Pol?

La veu de la seva mare sonava nerviosa a través de l'auricular. Es notava que tenia pressa. Li preguntà automàticament, com si fes la mateixa pregunta cada dia sense esperar resposta.

–Bé mare, ens hem quedat a fer classe de reforç, però ha vingut un nou professor, ens ha portat al segon soterrani de l'escola, i allà amb una màquina del temps hem viatjat al segle XIX, hem salvat la vida a una nena de quatre anys i hem resolt un dels més grans misteris del món mundial.

–Està bé, estimat –contestà la mare fent sonar un petó–. Tens el sopar al microones. Fes els deures, primer de tot. Sopa quan tinguis gana. Després, posa't el pijama i no juguis gaire amb la videoconsola. D'acord? Estic sopant amb unes amigues i tornaré tard. No oblidis rentar-te les dents... Adéu! T'estimo molt!

–Adéu mare, jo també t'estimo... –en Pol va fer una ganyota.

Durant un temps, la Sofia, de només quatre anys, provava d'explicar a la seva mare que una noia rossa l'havia ajudat durant aquelles hores en què estava sola al vaixell.

La Sarah cregué que la seva filla, per la por que devia haver patit, havia imaginat un personatge aliat que en aquells moments li donés escalfor, amor i companyia.

Aviat, però, aquell «àngel» protector s'incorporà com un personatge més als contes que nit rere nit la mare explicava a la Sofia.

ELS FETS

El *Mary Celeste* era un bergantí de 31 metres d'eslora que va salpar del port de Nova York el 5 de novembre de 1872 amb destinació a Gènova (Itàlia), carregat de 1.701 barrils d'alcohol.

Un mes més tard, el vaixell va aparèixer prop de les Illes Açores, navegant a la deriva, a tota vela, però sense tripulació, que consistia en set homes, a més del capità Benjamin S. Briggs, la seva dona i la seva filla petita.

El vaixell estava en bon estat, però semblava haver estat abandonat amb precipitació. Hi havia prou aigua i provisions a bord. No es trobaren ni el sextant, ni el cronòmetre ni la bitàcola del capità.

Els diners estaven al seu lloc, la roba i els objectes personals dels tripulants estaven perfectament ordenats dins armaris i baguls. Hi havia restes de menjar col·locats en ordre a sobre de la taula, i a les prestatgeries romanien objectes que qualsevol sotrac hauria fet caure. No hi havia senyals de violència.

L'únic bot salvavides havia desaparegut. De la popa, en penjaven restes de les cordes per hissar-lo; feia la impressió que havien estat tallades en ràpida fugida.

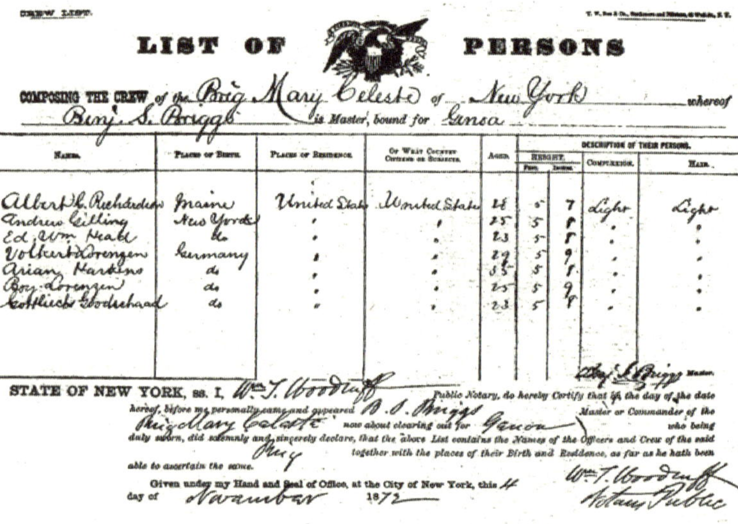

CREW LIST.

LIST OF PERSONS

COMPOSING THE CREW of the Brig Mary Celeste of New York whereof Benj. S. Briggs is Master, bound for Genoa

Names.	Places of Birth.	Places of Residence.	Of what Country Citizens or Subjects.	Aged.	Height Feet	Height Inches	Complexion.	Hair.
Albert G. Richardson	Maine	United States	United States	28	5	7	Light	Light
Andrew Gilling	New York	"	"	25	5	8	"	"
Ed. Wm. Head	do	"	"	23	5	8	"	"
Volkert Lorenzen	Germany	"	"	29	5	9	"	"
Arian Martens	do	"	"	35	5	8	"	"
Boy Lorenzen	do	"	"	25	5	9	"	"
Gottlieb Goodschaad	do	"	"	23	5	8	"	"

Benj. S. Briggs Master.

STATE OF NEW YORK, ss. I, Wm. T. Woodruff Public Notary, do hereby Certify that on the day of the date hereof, before me personally came and appeared B. S. Briggs Master or Commander of the Brig Mary Celeste now about clearing out for Genoa who being duly sworn, did solemnly and sincerely declare, that the above List contains the Names of the Officers and Crew of the said Brig together with the places of their Birth and Residence, as far as he hath been able to ascertain the same.

Given under my Hand and Seal of Office, at the City of New York, this 4 day of November 1872

Wm. T. Woodruff
Notary Public

Font: http://www.maryceleste.net/crew.htm

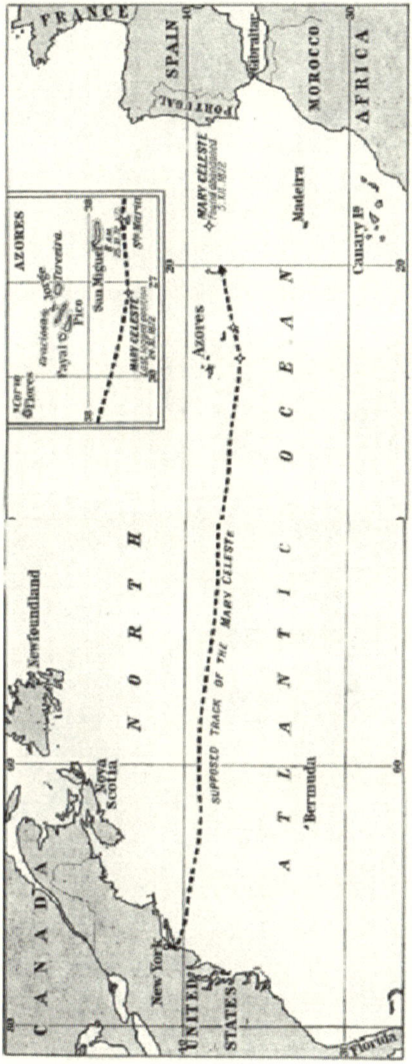
FRANCE
SPAIN
PORTUGAL
Gibraltar
MOROCCO
AFRICA
MARY CELESTE
Madeira
Canary Is
AZORES
Flores
Fayal
Pico
San Miguel
Azores
NORTH
ATLANTIC OCEAN
SUPPOSED TRACK OF THE MARY CELESTE
Newfoundland
Nova Scotia
CANADA
New York
UNITED STATES
Bermuda
Florida

LA COLLA DEL SEGON SOTERRANI

SEGON ENIGMA

EL GRAN MOGHUL

CAPÍTOL 1

Dilluns. Com cada tarda a la sortida del col·legi, l'Adrià no tenia cap pressa per tornar a casa. Només d'arribar tindria el corcó de la seva germana demostrant contínuament que ella sí que era llesta. La seva mare li voldria controlar l'agenda escolar i comprovar si tenia fets tots els deures:

–M'has enganyat tants cops dient que no tenies res per a demà... –li retrauria.

I quina mandra arribar i posar-se a pencar! Era com si tingués un càstig diari esperant només d'entrar per la porta de casa seva. I tot això després d'un feixuc dia d'escola.

Les notes no li anaven gaire fines i el tutor parlava amb els seus pares cada dos per tres. I després de cada reunió, sermó. Que si a partir d'ara les coses canviaran, que si què s'havia cregut, que aquella era l'única feina que se li demanava...

Especialment el seu pare tenia la dèria d'exercir de professor. Es posava les ulleres de llegir i es transformava.

Assegut al seu costat, estava esperant que s'equivoqués –cosa malauradament prou freqüent– per començar a cridar. L'ortografia li costava molt i especialment confonia contínuament les «v» amb les «b», i sempre, però sempre, posava una «h» on no tocava.

L'Adrià començava aquella setmana ben tip de tot plegat.

Perquè –reflexionava– quan li tocava descansar, a ell? Fins i tot acabaria odiant l'handbol, ja que cada dissabte, en comptes de dormir, se li feia molta pujada haver d'aixecar-se a la mateixa hora com si anés a escola per jugar, o millor dit per escalfar el seient dels reserves. Reconeixia que no era cap meravella com a jugador, però, si més no, creia que mereixia jugar una mica més del que l'entrenador el treia al camp.

I millor no parlar del diumenge, l'únic dia de la setmana que podria dormir. En el maleït barri on vivia sempre hi havia algun soroll prou molest com per despertar-lo més d'hora del que voldria. El veí tallant la gespa, el gos aquell que borda, el niu d'orenetes que hi ha a la casa del costat, sorolls, sorolls i més sorolls... Si pogués fer allò que feien als partits... demanaria temps mort!

Això és el que pensava l'Adrià, aquell noi ros amb el cabell enrinxolat i la cara plena de pigues, quan les seves passes el van portar fora de l'escola camí de casa. No vivia gaire lluny i quasi caminava com un autòmat, sense ni pensar. Instintivament comprovava els semàfors per creuar el carrer i tornava a mirar a terra, caminava amb desgana, arrossegant els peus. Observà que la sola d'una de les seves sabates s'estava desenganxant.

Quasi no es va ni adonar que una furgoneta de vidres foscos avançava silenciosament al seu costat. De cop, una porta corredissa es va obrir i dues noies van baixar.

En un tres i no res, el van enlairar i l'introduïren dins el vehicle. No va tenir temps ni tan sols de cridar. Només d'entrar li van posar un esparadrap ample que li tapava la boca i un passamuntanyes sense cap forat. Li collaren les mans amb una brida.

–Estigues tranquil i ja veuràs com no et passarà res –li va dir a cau d'orella una de les noies que l'Adrià havia mirat espantat abans que li traguessin la vista, i que duia el cabell molt curt i els ulls pintats d'un color molt fosc, que a ell li va semblar negre.

Tot havia succeït tan ràpid com un obrir i tancar els ulls. La furgoneta va emprendre el seu camí sense cridar l'atenció.

CONTINUARÀ...

Sis
exemplars
d'aquesta obra han
estat amagats en diferents
indrets de Sant Boi de Llobregat,
Sant Just Desvern, Torredembarra, Rubí
i Barcelona. Us convidem a fer-ne la geocerca.
Trobareu els detalls necessaris a la fitxa del llibre
inclosa en la pàgina web de l'editorial, www.gregal.cat